DER OBERST, DER GOBB SAGTE

Meinen Enkelinnen und Enkeln Luisa, Sophia, Nicholas, Frederick und Theresa gewidmet.

Úgy szép az élet, ha zajlik – Das Leben ist schön, wenn es turbulent ist (ungarische Lebensweisheit)

Wilfredo Lange

Der Oberst, der Gobb sagte

Frivole und ausgefallene Roadstories

Bibliografische Information der Deutschen Nationalbibliothek: Die Deutsche Nationalbibliothek verzeichnet diese Publikation in der Deutschen Nationalbibliografie; detaillierte bibliografische Daten sind im Internet über dnb.dnb.de abrufbar.

© 2022 Wilfredeo Lange – www.wilfredolange.de

Herstellung und Verlag: BoD – Books on Demand, Norderstedt

ISBN: 978-3-7568-6169-9

Lektorat: Miriam Walkenbach – www.diplomdoktor.de

Der Oberst, der Gobb sagte

Ich bin Advokat, Doktor beider Rechte und beseelt von der hehren Idee der Gerechtigkeit, denn Gerechtigkeit ist ein heiliges Gut und ohne Gerechtigkeit ist alles nichts. Meine Spezialität: Nicht Handels- und Wirtschaftsrecht, wie meine Eltern es damals gerne gehabt hätten, nein, ich habe mich auf das Sexualstrafrecht verlegt, eine anrüchige Materie und weit gefächert. Das reicht vom Sex mit Schafen über Beischlafdiebstahl bis hin zur Körperverletzung beim Liebesspiel, wie das hiesige Amtsgericht schamhaft einen Eichelabbiss umschrieben hatte, aber wenn Not am Mann ist und der Fall interessant, dann mache ich auch schon mal andere Sachen.

Wilhelm Sachse, der noch im letzten Augenblick in meiner Küchenkanzlei aufgekreuzt war, war weder Sodomit noch Exhibitionist, Sadomasochist, skatophil oder so was in der Art, und ob er noch eine intakte Eichel hatte, habe ich auch nie erfahren. Er war einfach ein gefrusteter Grenztruppenoffizier mit sächsischem Akzent, einer chilenischen Frau namens Nora und einer attraktiven Tochter.

In seiner Jugend war er Melker gewesen, ein guter Melker, wie ich gehört hatte, einer, der elf Liter Milch in zehn Minuten handmelken konnte.

Später, mit dem roten Parteibuch in der Hand, war er bei den Grenztruppen eingestiegen und hatte es bis zum Oberstleutnant und zwei goldenen Sternen auf den geflochtenen Schulterstücken gebracht.

- Nur fünf Minuten, Herr Doktor, sagte Sachse in mühsam unterdrücktem Sächsisch und blickte auf seine Uhr, - es ist wegen einer Mietgeschichte. Seit fast einer Stunde bin ich unterwegs, da werden Sie mich nicht nach Hause schicken, nur weil ich nicht angemeldet bin. Mit seinen wasserblauen Augen schaute er mich an, und dabei bewegte er den Kopf fortwährend wie eine chinesische Nickfigur.

- Kommen Sie rein, sagte ich resignierend, obgleich ich wusste, dass der Nachmittag hin war. Aus fünf Minuten würden, wenn es gut lief, mindestens fünfzig werden, und wenn es schlecht lief, zwei Stunden.

- Ausgesprochen nett, dass Sie mich noch reingelassen haben, sagte Sachse, und strich sich mit der Hand über seinen grauen Bürstenhaarschnitt. - Wir aus dem Osten werden immer behandelt wie die Zulus, wenn ich das mal so sagen darf.

Er war verbittert, weil man ihn beim Anschluss, wie er es nannte, nicht übernommen hatte. Jetzt züchtete er Tauben oben auf seinem Hausdach in der Großen Westerstraße, aber nicht die Kopf-ab-Bratpfanne-Tauben, sondern Rasseviecher, Weißscheiteltauben, Luzerner Goldkragen und Marquesen-Tauben.

Das war ein ziemlich lausiges Geschäft, weil der Hausverwalter ihn schikanierte: Dachluke zu, Leiter weg, Taubenschlag auf, all diese Sachen, die einen Mann zur Weißglut treiben.

- Und alles nur, weil ich Sachse bin und manchmal *Gobb* statt Kopf und *Marschn* statt Morgen sage. Wenn man es genau nimmt: Das ist Rassismus in Reinkultur, das ist … ihm fehlten die Worte.

- Ich würde vorschlagen, Sie beruhigen sich erst mal, wir trinken einen Cognac, und dann sieht die Welt ganz anders aus.

- Mit größtem Vergnüschn, Schulldjung: Vergnügen. Er schmunzelte, und man sah ihm an, dass er zu der Sorte Mensch gehörte, die sich schon zum Frühstück einen Schluck gönnte oder zwei.

- Hier, sagte ich und goss ihm ein. - Ich hab was ganz Exquisites: Ararat Gold, ein Geschenk von einem Mandanten aus dem Kaukasus.

- Arafat? Jetzt machen die verrückten Palästinenser auch schon Cognac. Sachse verzog das Gesicht und rümpfte die Nase.

- Nix Arafat, sagte ich. - Armenischer Cognac, vom Berg Ararat, da wo die Arche Noah Anker geworfen hatte. Sie wissen doch: Altes Testament, Erstes Buch Mose.

- Keine Ahnung, ich bin kein Bibelfetischist, sagte Sachse, wobei er das Sch bei Fetisch so weich und stimmhaft aussprach, dass ich seinen Hausverwalter verstehen konnte.

Nein, etwas Konkretes hatte er heute nicht, der Herr Oberstleutnant i. R., er wollte sich einfach wieder mal ausheulen bei einem, der immer ein offenes Ohr hatte für alle, die vom Schicksal gebeutelt waren.

- Wenn er mir noch einmal blöd kommt, dieser Verwalter, dann müsste ich ihm eins aufs Maul geben. Oder wie sehen Sie das?

- Ich sehe das genauso, sagte ich,- aber Sie sollten darauf achten, dass er nicht Rache nimmt an Ihren Luzerner Goldköpfen.

- Goldkragen, verbesserte Sachse, - eine edle Rasse. Es wäre ein Jammer, wenn denen was passiert, ein richtiger Schicksalsschlag. Letztes Jahr hat eine von ihnen ihr Leben ausgehaucht. Sie können sich gar nicht vorstellen, wie mich das getroffen hat. Eine halbe Nacht hat es da oben in meinem Schoß gelegen, das Tierchen. Ich hab mir die Augen ausgeheult, es gestreichelt und seinen kleinen Gobb in der Hand gehalten, und dann ist Nora im Nachthemd gekommen und hat mich runtergeholt. Da war es schon drei und der Mond stand hell über dem Krematorium neben dem Friedhof.

- Abenteuerlich, was sich da oben abspielt auf Ihrem Dach, meinte ich.

- Klar, er nickte, - und es gibt keinen Fahrstuhl in diesem verdammten Haus, ich muss immer zu Fuß rauf, aber das ist gut für Herz und Lunge, obwohl das linke Knie ..., das schmerzt wie Hulle, hab' schon an ein Ersatzknie gedacht, so ein Hightech-Ding aus Titan ohne Kilometerlimit, in der Charité machen sie das wunderbar, und danach läufst du wie Oscar, *the fastest Man on no Legs*, aber die zehn-neun auf hundert, die wirst du nie schaffen, da kannst du rennen, wie du willst.

- Und jetzt nach Haus, da dackeln Sie auch das ganze Stück?

- Um Himmelswillen! Er schüttelte den Kopf. - Das tu ich mir nicht an, das ist schlimmer als ein Spaziergang durch das VEB-Chemiekombinat, nee, ich nehm' die Elektrische, obwohl …, das ist auch nicht immer ein Vergnüschn, was für Pack sich da herumtreibt.

Neulich ein grünhaariger Typ mit Lippen- und Nasen-piercings direkt gegenüber auf dem Sitz, ein richtiger Kotzbrocken. Und ich frach ihn ganz höflich, ob er was dageschn hätte, seine Füße von dem Sitz neben mir zu nehmen, und der Typ grinst nur und sagt, ich soll einfach die Schnauze halten. Beim Militär hätte man ihm die Faxen ausgetrieben: Arrestanstalt und Disziplinar-gombanie. Aber heute? Alles Weicheier und Wende-krieger. Er schaute wieder auf die Uhr, stand auf und ging zur Tür.

- Dann grüßen Sie Ihre Frau und lassen Sie sich den *Curanto* schmecken, sagte ich.

- Nix, er schüttelte den Kopf. - Nora ist heute Abend bei den Frauen vom lateinamerikanischen Kulturverein, die lesen da Allendes *Geisterhaus* oder so was.

- Kenn ich, sagte ich, - das ist doch, wo der eine Sohn besoffen aus dem Fenster springen will und der andere hält ihn an den Füßen fest. Gutes Buch, sehr gut.

- Keine Ahnung, Sachse zuckte die Schultern, - ist nicht mein Ding so 'ne Familiensaga. Ich lese lieber Polizei-geschichten, da ist Spannung drin, und jetzt hol ich mir eine Pizza und danach steige ich rauf zu meinen Dauben und schau mir die Sterne an: Nicht die Andromeda, die Plejaden oder so was, nur ein paar mickerige lausige Sterne.

- Und was macht das Töchterchen, April oder wie war noch ihr Name? Ich versuchte, das Thema zu wechseln.

- Abril, mit b, b wie Bilbao, zweiter Buchstabe im ABC. Lebt jetzt in der Hauptstadt. Habe ich Ihnen schon ein Foto gezeigt?

Er fingerte eins aus seiner Brieftasche heraus: eine dunkelhaarige Mestiza, die mich an Miss Puerto Rico erinnerte, nicht die mit dem Krönchen, aber Platz drei oder vier, und die sind ja auch nicht zu verachten. Jedenfalls gefiel sie mir mit ihren schwarzen Augen und ihrer leicht gebogenen Nase und ich war mir sicher: im Tanga oder Bikini hätte sie mir noch mehr gefallen.

- Eine wahre Schönheit, Sie können stolz sein, meinte ich.
- Sicherlich eine, nach der man sich auf der Straße umguckt, oder?

- Andauernd. Sie geht zum Briefkasten an der Ecke und schon die erste Anmache: *Hi, ich kenn dich doch woher* oder *Gibst du mir deine Handy-Nummer?* Aber daran hat sie sich gewöhnt, die Kleene, so was steckt sie souverän weg. Übrigens, Ihr Honorar, Herr Doktor, ich habe es nicht vergessen. Nächste Woche zahle ich, dann …

Er beendete den Satz nicht, stand auf und ging, und ich fragte mich, warum ich den Alten mochte. Vielleicht war es seine Bescheidenheit, seine Treuherzigkeit oder seine Tochter. Keine Ahnung. Wahrscheinlich war es einfach seine abgewetzte Lenin-Mütze an meinem Garderobenhaken.

*****

Das erste, was ich von Akira sah, war sein Hintern, und der war voller Narben, große und weniger große.

- Mein letzter Gladiatorenkampf im Circus Maximus, sagte er und setzte sich auf sein weißes Handtuch. - Das ging gegen einen Braunbären.

- Guter Witz, ich hätte auf einen Massai-Löwen getippt, meinte ich und legte mich eine Stufe höher, dorthin, wo das Thermometer neunzig Grad zeigt.

Der Laden war eine russische Sauna, hieß *Polarbär* und gehörte einem Pakistani namens Ali. Ali hatte früher in der Blockhütte eine Pizzeria namens *Sunnie's Corner* gehabt, sich aber dann wegen der italienischen Konkurrenz kurzerhand auf Saunabetrieb umgestellt, obwohl ich nicht glaubte, dass er jemals selbst einen Saunabesuch mit allem Drum und Dran gemacht und auch nur die Spur einer Ahnung von der hohen Kunst des Aufgussmachens hatte.

Akira war, abgesehen von seinem narbigen Hintern, auch sonst ziemlich sonderbar anzuschauen: etwas o-beinig, Schnauzbart, Pferdeschwanz, einer, der mit unbeweglichem Gesicht und einem Fuchsschwanz an seinem Chopper durch die Gegend fährt und keine Pfütze auslässt. Sah irgendwie gefährlich aus. Zuerst hatte ich den Eindruck, dass er etwas schielte, der gute Akira, aber es waren wohl nur seine Augen, die mich irritierten.

- Netter Laden hier, sagte ich, - und zum Schluss gibt es immer ein paar Schläge mit Birkenzweigen auf das Geripppe, wunderbar, das regt die Blutzirkulation an. Ali hat ein paar Bündel draußen vorbereitet.

- Auspeitschen! Akira setzte sich auf und schaute mir ins Gesicht, als hätte ich den Vorschlag gemacht, er solle seiner Mutter die Kehle durchschneiden.

- Nun ja, ich wollte Ihnen nicht zu nahe treten mit dem Auspeitschen, sagte ich. - Ich meinte kein Sadomaso oder so.

- Auspeitschen, das ist Ost-Knast, da reagiere ich allergisch, wenn ich nur daran denke. Er legte sich wieder hin.

- Hab mir so was Ähnliches gedacht vorhin, sagte ich, - sieht aus, als hätte man Sie ganz schön in der Mangel gehabt.

- Kann man so sagen, er nickte. - Aber nicht diese zarte chinesische Tropfenfolter, sondern die rustikale Methode mit Knüppel und Karbatsche.

- Und das für Zigarettenschieberei?, wandte ich ein.

- Etwas übertrieben, oder?

- Nun ja, er kräuselte die Stirn, atmete tief aus und schien verlegen. - Genaugenommen war auch etwas Fluchthilfe mit dabei oder Menschenschmuggel.

Aber trotzdem kein Grund, jemanden durchzuprügeln und dann in die Dunkelzelle zu stecken, und darum habe ich mich beschwert, jetzt, wo sich jeder beschwert, sogar mein Schwager hat sich beschwert, weil ihm vor zehn Jahren so ein Typ von der Volkspolizei mal den Jacken-knopf abgedreht hat, ohne Grund, einfach so, um zu zeigen, dass die Bullen gleich nach dem lieben Gott kommen in der Hierarchie.

Und dann zählte er auf, was er alles gemacht hatte, die vier großen As: Anzeigen, Anträge, Akteneinsicht, Anwälte – alles für'n Arsch. Und damit wären es fünf, wenn er richtig gezählt hatte, fünfmal A.

- Ja, alles für 'n Arsch, wiederholte er, - schlechter Anwalt und dumme Beamte, und selbst wenn du einen Namen weißt, dann gibt es Verfahrenseinstellung, weil keiner was gesehen hat. Die sind alle blind wie die Fledermäuse und stumm wie Moorleichen. Aber die Narben auf meinem Hintern sind da und darum mache ich weiter.

Ich konnte ihn gut verstehen mit seiner Verbitterung. Anstatt den Schwanz einzuziehen und geduckt durch die Straßen zu schleichen, kamen sie alle allmählich wieder aus ihren Löchern gekrochen, die roten Kämpfer, stellten sich auf die Sonnenseite und schwangen große Reden von Demokratie und diesen Sachen, und einige von ihnen waren Minister geworden und klopften jeden Abend ihre Sprüche im Fernsehen. Irgendwann würde man ihnen den Friedensnobelpreis verleihen, sie heiligsprechen oder zum Papst wählen.

War schon eine verrückte Welt, so verrückt, dass man manchmal den Eindruck hatte, im Irrenhaus zu leben, und da wir alle das gleiche Gewand trugen, wussten wir am Ende nicht mehr, ob wir zu den Verrückten oder zu den Aufpassern gehörten.

- Nun, manchmal kann man sich schon an den Kopf fassen, sagte ich und nahm etwas Eukalyptus und Latschenkiefer mit der Schöpfkelle. - Neulich habe ich von einem gehört, der hat dem Richter, bei dem er abgeblitzt war, Fenster und Hausflur mit Kot beschmiert.

Wir redeten noch was über Hirohito, da wusste er kaum was zu sagen, über Kung Fu-Filme, da war er schon besser, und über Jazz, da war er richtig gut, und dann nahm er sein Handtuch und ging.

Ein paar Wochen danach war ich wieder mal in Akiras Gegend. Ich wollte eine chinesische Würgekette kaufen und zwei Qigong-Kugeln, die Gesundheit bringen und Yin und Yan.

Danach beschloss ich, Akira Hallo zu sagen, denn er hatte mich dreimal vergeblich angerufen.

Akira wohnte in einer Straße, in der sich, wie es schien, alle Japaner und Chinesen der Stadt angesiedelt hatten.

Da waren drei chinesische Wäschereien, japanische Restaurants mit Sushi-Angeboten, ein chinesisches Kino, in dem einmal wöchentlich auch eine Art Peking-Oper angeboten wurde, und der Laden von Onkel Ho, der alles verkaufte, was irgendwie mit Ostasien zu tun hatte, angefangen von Peking-Enten über chinesisches Bier, japanischen Whisky und Seidenmalereien bis zu Wurfeisen und ähnlichem Mist.

An der Ecke gab es eine chinesische Heiratsvermittlung, die daneben auch Maniküre, Fußpflege, Massagen, chinesische Medizin und Porträtfotografien anbot, und auf der gegenüberliegenden Seite begann der japanisch-koreanisch-chinesische Straßenstrich mit Damen, wie man sie nur im Paradies findet: *Von blendender Schönheit wie Rubine und Korallen und wohlverwahrten Perlen gleich,* wie es im Koran heißt, nur dass sie nicht auf Kamelen saßen, sondern auf ziemlich hohen Fetish-Heels das Pflaster traten.

Akira wohnte im vierten Stock, ohne Lift und direkt neben einem Heiratsvermittlungsinstitut. Ich klingelte und Akira öffnete, diesmal bekleidet.

Er trug weiße Turnschuhe, blaue Jeans und ein rotes T-Shirt mit dem Aufdruck *Ich liebe tote Pitbulls,* und darunter war die Karikatur eines solchen Viechs, auf dem Rücken liegend und alle viere in die Luft gestreckt.

Ich selbst mag es nicht ganz so lässig, denn dann wird man leicht unterschätzt, und so ziehe ich mir gern meinen dunkelblauen Businessdress an, dazu ein blassrosa Hemd mit *Collo di Milano* und die bläuliche Seidenkrawatte mit kleinen weißen Punkten.

- Eine steile Treppe, lieber Akira, sagte ich und holte tief Atem, - sicher ein Problem für die Klavierträger.

Aber er schüttelte den Kopf und wollte gleich zur Sache kommen. Er hatte nämlich den Typ von damals ausfindig gemacht, nicht den mit dem Totschläger, der hatte sich Heiligabend an einem Baukran aufgehängt, nein den, der ihn damals gefangen und eingebuchtet hatte, und nun wollte er, dass ich ihn verklagte.

- Er heißt Sachse und er ist ein böser Mann, sagte Akira, - und ich weiß, Sie kennen ihn.

- Klar, dass ich ihn kenne. Er ist mein Mandant, er züchtet Tauben, liebt die Tiere und seine Kinder und hat Schmerzen in seinen Knien. Aber klagen? Jetzt ist alles verjährt. Zu viel Zeit ist vergangen, wie soll man da noch was beweisen?

- Hier ist der Beweis. Akira schüttelte verständnislos den Kopf, zog sein rotes T-Shirt hoch und zeigte wieder seine Narben.

- Das ist egal, nach fünf Jahren soll Rechtsfrieden eintreten, sagen die Gerichte, und Sie sind nicht der Einzige, dem man Unrecht tut. Da gibt es noch viele andere, die können ein Lied davon singen.

- Ein Lied singen? Warum singen sie, wenn sie verprügelt wurden? Er blickte mich entgeistert an.

- Nun ja, ich musste schmunzeln, - sie singen nicht wirklich: keine Klagelieder, weil sie in der Zelle waren, und keine Freudenhymnen, weil sie wieder rausgekommen sind. Eine Redensart, das sagt man so.

Er nickte, schaute mit seinen kleinen Augen nach oben auf den Wasserfleck an der Decke und rieb seine Finger wie nach einer Schlittenfahrt ohne Handschuhe.

- Seltsam: ein böser Mann, eine böse Tat und kein Gericht, sagte er dann. - Aber ich muss ihm ins Gesicht schauen und er soll Reue zeigen und Buße tun, und Sie müssen ihm das sagen.

- Ich werde es versuchen, sagte ich. - Aber Sie sollten sich zurückhalten. Die Menschen hier haben was gegen die Yakuza, die haben schon genug Ärger mit der Mafia und Camorra.

Und so fuhr ich dann zu Sachse, um ihm Bescheid zu sagen, und traf auf seine Frau Nora.

- Mein Mann ist oben bei seinen Tauben, sagte sie. - Wollen Sie raufgehen oder einen Pisco trinken?

- Danke, kein Schnaps vor Sonnenuntergang. Ich winkte ab. - Aber vielleicht können Sie ihn herunterholen?

- Herunterholen? Sie kicherte. - Das ist ein Tagesausflug bis nach oben.

- Rufen Sie ihn auf Handy an, das dürfte das Einfachste sein.

- Handy? Sie lachte. - Er hat eins, ein Weihnachtsgeschenk, aber er kann damit nicht umgehen, obwohl das so ein Ding für Senioren ist.

Ein Grenzschützer, der kein Handy hat – jetzt wurde mir klar, weshalb sein Staat zugrunde gegangen war. Schließlich schlug ich so ein Dosentelefon vor. Das war einfach: zwei aufgeschnittene Konservendosen und eine Kordel, mehr nicht.

- Sehr gut, lachte sie, - werde ich ihm an den Tannenbaum hängen zu Weihnachten, aber wenn Sie ihn heute unbedingt sprechen wollen, steigen Sie hinauf, es ist interessant da oben, ich zeige Ihnen den Weg.

Wie erwartet, war Sachse mit seinen Tauben beschäftigt.

- Wollte Ihnen nur kurz was mitteilen, sagte ich. - Ein ehemaliger Knastfritze ist aufgetaucht, ein Japaner, der will was von Ihnen.

- Japaner? Sachse schien zu überlegen. - Ich erinnere mich, da war so ein Mister Nagasaki, kriminell, Mafia, Fluchthilfe, den mussten wir hart anfassen, dienstliche Anordnung von oben, will sagen: von ganz oben, von allerhöchster Stelle. Habe gar nicht gewusst, dass er noch hier ist, habe gedacht, der ist zurück nach Okinawa oder wo er herkommt. Und was will er?

- Reue und Buße.

- Von mir? Ich glaub, ich hör nicht richtig. Soweit kommt's noch! Ich hab ihn zweimal gesehen, den Herrn, mehr nicht.

- Nun ja, Sie haben ihn festgenommen, Sie haben ihn eingeliefert, Sie waren der Oberhäuptling.

- Nix Oberhäuptling, sagte er, - *nitschewo!* Ich war so ein Bürohengst, ich hab an meinem Schreibtisch gesessen und die Erlasse umgesetzt, das hab ich, und einmal im Jahr hab ich die Feier organisiert und eine schöne Rede gehalten, bei der immer gegrinst wurde, der sächsische Akzent, wissen Sie, wird man nie los, da kann man machen, was man will.

Nee, soll mal Ruhe geben, dieser Rächer der Enterbten, oder er kann mir den Schuh aufblasen. Aber Sie als Anwalt, sie können doch …, so was gibt's doch hier im Westen, Sie können doch, ich meine, dass er sich nicht weiter als zweihundertfünfzig Meder nähern darf, und wenn doch, dann zahlt er eine Geldstrafe und beim zweiten Mal ab in den Knast, so wie diese Stager oder wie sie heißen.

- Stalker, sagte ich. - Aber so ein Urteil wird nicht helfen. Der Mann ist Asiate, und die ticken anders.

- Gut zu wissen, sagte Sachse. - Sollen ziemlich nachtragend sein, hört man immer wieder, und ein verrücktes Rechtsgefühl, da kommt man nicht dahinter.

- Ja, sagte ich. - Haben Sie gewusst, dass die sogar ihre Viecher bestrafen, wenn die was ausgefressen haben: Knast, Prügel, Nahrungsentzug und Todesstrafe für Hunde und Meerschweinchen?

Das hatte er nicht gewusst und er versprach, ab jetzt vorsichtig sein.

*****

Seltsam! Heute Morgen noch hatte ich an sie gedacht und jetzt plötzlich stand sie vor mir, in einer dunkelgrünen Lederkombination und dunkelgrünen Motorradstiefeln, große schwarze Augen, tizianrot geschminkte Lippen und – fast hätte ich es vergessen – der schönste Hintern, den ich je gesehen hatte. Und ich hatte so einige gesehen.

- Komm herein, deine Harley kannst du im Hof abstellen, sagte ich und spielte den Commander Cool, als ich mich wieder gefangen hatte. Grün war meine Lieblingsfarbe und außerdem geschieht es nicht jeden Tag, dass man von einer Motorrad-Lady im Kampfdress besucht wird.

- Nix Harley! Sie schüttelte ihren Kopf. - Das ist Kawasaki-Ninja, ein Liter, die Ultimative.

Dazu lächelte sie und mir wurde klar, es war schon lange her, dass mich jemand so angelächelt hatte, dreißig Jahre oder fünfunddreißig, und das Lächeln kam von der Leinwand des Cosmo-Programmkinos und gehörte Audrey Hepburn.

- Kaffee? Ich ging nach hinten und stellte zwei Tassen auf ein Tablett.

- Am liebsten Espresso.

Den hatte ich, und ich hatte auch Crema, Latte Macchiato mit und ohne Vanillegeschmack, Ristretto, türkischen Kaffee und griechischen, ich hatte acht verschiedene Sorten, weil mir vor zwei Tagen ein Automatenfuzzi so eine Maschine angedreht hatte, die eigentlich was für eine Café-Bar war, aber nicht für eine beschissene Anwaltskanzlei.

Wir setzten uns in die Besuchersessel und ich überlegte, was ich sagen sollte. Schließlich griff ich nach meinem roten Gesetzbuch, dem dicken, das so voluminös war wie beide Bände der Gutenberg-Bibel zusammen. Eine Straßenverkehrssache, war mein erster Gedanke. Links abgebogen, durch eine Baustelle gerast, einem Porsche die Vorfahrt genommen, Bußgeldbescheid, Strafverfahren, Führerscheinentzug – kann vorkommen, äußerst langweilig, arbeitsintensiv und schlecht bezahlt, knapp fünfzig Stundenlohn, wie ich mal ausgerechnet hatte, und viele Telefonate, so viele, dass man manchmal versucht ist, den Hörer gegen die Wand zu werfen oder aus dem geöffneten Fenster.

Aber so was gibt's eigentlich nur im Film, bei mir sieht's blöd aus, weil ich nicht Marlon Brando bin oder Kowalski, sondern ein Talarwedler aus der dritten Liga, den sie eh nicht für voll nehmen, weil er nicht die Deutsche Bank vertritt, sondern nur irgendwelche imbezilen Tierschänder aus Thessalien oder Kreta, und weil er keine Wirtschaftskanzlei hat mit Niederlassungen in New York, Tokio, Shanghai und Moskau.

- Also wieder mal zu schnell gefahren?

Ich blätterte in dem Gesetzbuch.

- Nein, sagte sie, unerlaubter Waffenbesitz, eine Makarow 9 mm, um genau zu sein. Sie schüttelte den Kopf und zeigte ihre Zähne, weiß vom Bleaching, nicht zu klein und nicht zu groß, Zähne, von denen man sich gern in die Schulter beißen lässt, in den Oberschenkel oder sonst wohin.

- Das ist ein schweres Vergehen, sagte ich. - Früher war man großzügig bei so was, aber heute, bei offenen Grenzen und Nachschub *en masse*, heute muss man sich schon anstrengen, um noch Bewährung zu kriegen, so sehen es die Gerichte. Also bloß weg mit dem Ding, am besten ein Paket machen und heute Nacht von der Brücke werfen, dort wo die Elbe am tiefsten ist, und dann kann man froh sein, wenn keiner zusieht.

- Und morgen früh bringt es der Briefträger zurück, weil es ein Hund herausgefischt hat, meinte sie.

Sie schlug sich auf ihre grünen Oberschenkel und wollte sich ausschütten vor Lachen. Aber dann wurde sie ernst. Nein, nicht sie war der Waffennarr, Gott bewahre! Sie hatte ein reines Gewissen. Der Verrückte war ihr Alter, stur wie ein Tibetesel. Der und sich von seiner Kanone trennen – da müsste man ihm schon den Arm abhacken.

- Ihr Vater?

- Ja, sagte sie, - dieser sächsische Dickschädel, de Babba mit'n digge Gobb und de grooße Oochn. Machen Sie was, reden Sie mit ihm! Aber beeilen Sie sich, bevor er jemand über den Haufen schießt.

- Jeden Tag diese Schießübungen im Döbener Forst, und irgendwann werden sie ihn an den Eiern haben, wenn Sie mir diesen Ausdruck nachsehen.

Ich sah ihn ihr nach, alles sah ich ihr nach in diesem Augenblick, sogar dass sie mir meine Siesta gestohlen hatte.

- Ich werde tun, was ich kann, sagte ich, - aber vorher bräuchte ich noch deine Adresse und Telefonnummer.

- Adresse ist nicht, weil ich gerade umziehe, tut mir leid. Sie schüttelte ihren Kopf. - Aber die Nummer. Warum eigentlich nicht?

Und dann notierte sie mir eine Nummer, da hätte der Zettel fast nicht ausgereicht, so lang war die. - Mobilphone, meinte sie, - man muss mit der Zeit gehen, sonst kommt man unter die Räder. Sie stand auf, griff nach ihrem Carbonhelm und fort war sie.

Eine Woche danach fuhr ich in die Kreisstadt, mit dem Zug wohlgemerkt, denn ich mag Bahnfahrten, und besonders mag ich Bahnhöfe mit ihren Rolltreppen, ihren Chips-Automaten, den Nonstop-Kinos, den Lautsprechern und den lustigen, immer hungrigen Sperlingen auf den Deckeln der Mülltonnen und zwischen den Koffern.

Ich mag auch die Damen der Zulassungsstelle, des Finanzamts, die Serbin in der Cafeteria des Gesundheitsamts und Svetlana, meine Fußpflegerin, eine blauäugige Blondine aus Usbekistan. Sie hat ihren Pflegesalon genau gegenüber dem Finanzamt, und wenn sie meine Fußmeridiane gestreichelt, meinen Körper entschlackt und mein Hormonsystem normalisiert hat, dann fühle ich mich wie ein anderer Mensch.

So auch heute. Ich war beschwingt wie ein Schwarm Cheerleader und ich beschloss, Abril aufzusuchen, ganz spontan. Einmal Augensex gehabt, das genügte mir nicht. Ich war auf den Geschmack gekommen.

Ihre Handynummer hatte ich aufbewahrt, schön mit großen Ziffern geschrieben. Nur im Notfall anrufen, hatte sie gesagt, und dies war ein Notfall, und es war exakt zehn Uhr.

Wenn sie jetzt im Romanistik-Seminar war, *Gesellschaftliche Aspekte der zeitgenössischen chilenischen Literatur* oder so etwas, dann war zehn Uhr ideal. Um zehn Uhr fünfzehn begannen die Referate, aber vorher hatte man seinen Platz mit einer Aktentasche besetzt und hing jetzt zusammen mit den anderen draußen im Vorgarten der Fakultät herum, um die Lunge zu teeren und sich blöde Sprüche anzuhören.

- Hallo! Es dauerte ziemlich lange, bevor sie aufnahm. Wahrscheinlich hatte sie schon auf ihrem Platz gesessen und musste hinausgehen, um ungestört reden zu können.

- Ich bin es, der Paragrafenmann aus dem Haus mit dem kaputten Fahrstuhl, sagte ich. - Bin zufällig in der Nähe, wollte mal sehen, wie's dir geht, und vielleicht essen wir was zusammen.

- Gut geht es, sagte sie, - galaktisch.

Danke für die Nachfrage. Aber mit dem Essen passt es schlecht im Moment, sehr schlecht sogar. Doch bei dem Alten sollten Sie am Ball bleiben. Zu Ihnen hat er Vertrauen.

Sie legte auf und irgendwie hatte ich den Eindruck, sie war nicht ganz bei der Sache.

Schade! Ich hätte sie gern gesehen, ins Turmrestaurant eingeladen und über die Vorzüge des Studentenlebens diskutiert. Ich versuchte noch einige Anrufe, aber sie nahm nicht an.

Egal, dann schauen wir uns mal an, wo sie wohnt, und vielleicht treffe ich sie: vor einem gelben Briefkasten, im Park mit einem pinkelnden Malteserhündchen an der Leine oder an einem Automaten, wo sie sich Zigaretten zieht.

Hintere Marktstraße acht, hatte die Dame von der Zulassungsstelle gesagt und hinzugefügt: schönes Neubauviertel direkt neben dem Zoo, schicke Mehrfamilienhäuser.

Sie hatte Recht gehabt, die gute Frau: alles fein und gediegen und mit Eurogeld aus irgendeinem ominösen Euro-Fonds hochgezogen. Da soll noch einer was gegen den Anschluss sagen! Dem würde ich direkt was aufs Maul hauen, weil hier wirklich alles tote Hose gewesen war vor neunundachtzig, ich hab's mit eigenen Augen gesehen, ich kann es bezeugen, *so help me God.*

Aber etwas hatten sie vergessen: von Namensschildern an der roten Eingangstür keine Spur! Fast so wie in New

York oder Rio, dafür aber Sprechanlage, Etagenschilder und ganz unten der Hausmeister, einer, der für alles zuständig war: Reinigung, Licht, Schneeschippen, Postannahme, Reparaturen und dergleichen mehr.

Versuchen wir es mal bei ihm! Vielleicht kann er weiterhelfen, obwohl … die Hausmeister, mit denen ich zu tun gehabt hatte, waren mürrische Arschlöcher gewesen, überzeugt von der Wichtigkeit ihres Amts und der Unersetzbarkeit ihrer Person.

Ich drückte den Klingelknopf und da war er auch schon da, so als hätte er auf mich gewartet. Er öffnete die Eingangstür und schaute mich listig mit seinem Ganovengesicht an.

- Was woll'n Sie? Das hört ja gar nicht uff mit dem Geklingele heute.

- Eine Dame, sagte ich, - dunkelhaarig, exotisch und hübsch.

- Wohl von der Polizei? Er schloss die Tür wieder bis auf einen winzigen Spalt.

- Nix, war nur so 'ne Frage.

Und schon hatte ich einen Zehner zwischen Daumen und Zeigefinger. Aber der Kerl schüttelte den Kopf, so dass ich einen zweiten Zehner mit Links griff und beidhändig dirigierte.

- Ich muss überlegen, sagte er und schnappte sich das Geld.

- Wahrscheinlich meinen Sie die mit der Kawasaki, aber da werden Sie kein Glück haben: Sie hat Besuch zurzeit, und nachher …, eigentlich hat sie immer Besuch, mit anderen Worten: Sie ist sehr beschäftigt, wenn ich das so sagen darf. Er grinste anzüglich und schloss die Tür.

Da hatte ich die Erklärung, einfach und naheliegend, und sie hatte mich zwanzig Euro gekostet. Ich habe dann meine Sehnsucht weggeworfen, aber sie ist zurückgekommen wie ein ausgesetzter Hundemischling, und jetzt träume ich von Abril, manchmal Frivoles und Unkeusches, das ich nicht wage zu berichten, obwohl niemand was für seine Träume kann.

Heute sehe ich sie in ihrem grünen Overall auf der anderen Straßenseite und ich will zu ihr hinübergehen, aber es gibt in der Straßenmitte eine Scheibe aus dickem Glas, lang bis zum Ende der Welt und hoch bis zu den Wolken, und ich kann nur dastehen, meine Nase gegen das Glas drücken und ihren Namen rufen, aber kein Laut kommt aus meiner Kehle, wie das nun mal so ist im Traum, und dann erscheint eine Meute gelber Zwerge auf Motorrädern und zerrt mich weg, legt mich auf eine Bank und macht sich daran, mir in die Zehen zu beißen.

Keine Ahnung, was das soll, wirklich keine Idee, denn meine Zehen sind nach Jahrzehnten stiefmütterlicher Behandlung so ziemlich das Reizloseste, was ich zu bieten habe. Egal, sollen sie glücklich werden mit meinen Zehen, die Gnomen, sofern sie mir einen Weg auf die andere Straßenseite zeigen. Doch sie machen mir das Penis-zeichen, das mit dem Unterarm, fahren davon und lassen mich mit meinem Traum allein.

Aber dann haben sie sich's doch überlegt, denn am Nachmittag erschien Abril bei mir in der Kanzlei, die Miene verärgert und die Nase missmutig gerümpft, nervös und schlecht gelaunt.

- Eine Scheißaktion war das, sagte sie ohne Einleitung und rollte mit ihren schwarzen Augen, - geht mir total auf den Senkel, denn *My Home is my Castle*. Aber wo Sie nun mal gesehen haben, was los ist, ist alles geklärt. Ich bin jung, ich habe Ansprüche und ich brauche Geld, nicht schwer zu begreifen, oder? Doch der alte Schdurgobb muss das nicht wissen. Versteht alles falsch und hat schon genug am Hals mit seiner Schießerei und seinen Viechern.

- Ich verstehe, sagte ich ziemlich hilflos.

Ich wollte noch mehr sagen, aber ich war sprachlos in diesem Augenblick, obwohl ich bei meinen Mandanten schon Schlimmeres erlebt hatte:

Mona, die siebzehnjährige Tochter von Politicky zum Beispiel, Gangbang mit der Basketballmannschaft aus Kongo-Kinshasa, in der Nacht vor ihrem Abitur übrigens, und tags darauf hatte sie mit *Gut* bestanden, und jetzt studierte sie Theologie in Paris.

- Alles klar? Dann springe ich mal, sagte sie, - schön, dass wir uns verstanden haben.

Und ich sehe, dass sie in Gedanken schon woanders ist. In der Tür blieb sie noch einmal stehen und wollte wissen, wieviel sie mir schuldete für meine Bemühungen.

- Nichts, ich schüttelte den Kopf, - gar nichts. Ein Lächeln von ihr hätte mir genügt. Aber sie lächelte nicht, sondern schaute auf ihre Uhr, so ein Luxusdings, das man am besten im Safe deponiert, dem mit den dicken Stahlwänden.

Abril, das war's! Mit dir hätte ich ein besserer Mensch werden können. Ich wäre hinter meinen Träumen hergerannt, und die Wahrheit – mit einem Kick hätte ich sie zur Seite getreten wie eine zerbeulte Blechdose. Ein Wort nur und ich hätte meine schwarze Advokatenrobe eingetauscht gegen eine Mönchskutte, ein Büßergewand oder einen Brioni-Anzug mit Drei-Knopf-Sakko, wie ihn die Zuhälter tragen.

Ein einziges Wort nur oder besser drei. Aber so bin ich jetzt allein zu Haus, suche nach Zecken im Fell meiner Katze und telefoniere mit schwindsüchtigen Bürokraten und Winkeladvokaten, und abends sitze ich erschöpft vor der Mattscheibe, trinke warmes Pils aus der Flasche und schneide mir die Fußnägel. Und das soll Leben sein? Ein Scheißdreck ist das!

Trotz alledem musste ich es noch einmal mit ihrem Erzeuger versuchen, denn versprochen ist versprochen, und so fuhr ich zum Steinbruch im Döblinger Forst, wo er seine Schießübungen zu machen pflegte. Als ich ankam, aß er gerade ein Schinkenbrot und trank schwarzen Kaffee aus der Thermoskanne. Er hörte mich an, nickte mit einem undefinierbaren Lächeln und kaute weiter an seinem Brot.

- Das hat Abril Ihnen gesteckt, sagte er, - diese Geschichte mit dem Revolver, geben Sie's zu.

Dieses Luder, hat keine Prinzipien, glaubt, ich weiß nicht, was los ist, und versteht nichts vom Leben. Ein Scheißleben übrigens, sagen Sie selbst. Alles ist den Bach runter, meine Uniform, meine Orden und die verdammte Familienehre. Was hab ich noch? Meine Plattfüße vom Rumlatschen an der Grenze und meine Makarow, geölt, gebürstet und gefettet.

Und die soll ich auf den Mist werfen? Glaubt ihr doch wohl selbst nicht! Eher erschieß ich mich, aber vielleicht brauche ich das Ding ja noch.

*****

Die Einladung kam überraschend wie ein Lumbago, aber handgeschrieben mit Tinte und auf glattem weißen Karton. *Oberstleutnant a. D. Sachse gibt sich die Ehre,* hieß es da*, zur Sylvesterfeier einzuladen.*

Etwas komisch die Einladung, denn wir hatten uns nur dreimal im Leben gesehen. Würde ich alle einladen, die ich dreimal gesehen habe: Ich müsste das Zentralstadium mieten, das hat hunderttausend Plätze, oder besser noch den Indianapolis Motor Speed-Way, der ist gigantisch.

Aber ich wollte ihn nicht vor den Kopf stoßen, den Alten. Er litt schon genug daran, dass er Ostdeutscher war, Grenzbulle und Sachse. Eine Absage hätte ihm sein Selbstwertgefühl und sein seelisches Gleichgewicht genommen. Als Mitbringsel hatte ich zuerst an ein sächsisch-hochdeutsches Wörterbuch gedacht, aber dann entschied ich mich für den armenischen Cognac, den mit der Arche Noah auf dem Etikett.

Es war ein netter Kreis da oben auf seiner Terrasse: Außer Sachse seine Frau Nora, zwei nette ehemalige Grenztruppenkumpels, der kleinere von ihnen jetzt Schweinemetzger in der Hinterstadt, der andere Paket-zusteller bei einem amerikanischen Unternehmen, Herr Kolobratnik, Vizepräsident des Rassetaubenzüchter-vereins und ein Spritkopf, wie man an seiner roten Nase sehen konnte, schließlich ein dicker Kerl ohne Namen, den sie *Sagichmal* nannten, weil er in jedem Satz mindestens einmal *sagichmal* sagte, und die dazugehörigen Frauen, das heißt Sagichmal war ohne da, weil die Seine wegen einer Hämorrhoiden-Geschichte, *sagichmal*, in Reha war.

- Kenn ich auch so 'ne Rektaluntersuchung, sagte der Paketmensch, verdammt fies, aber nicht zu vergleichen mit einer Darmspülung. Wenn du da auf dem Untersuchungstisch liegst und einer schiebt dir ein Rohr hinten rein und füllt dich ab mit lauem Wasser, richtig genussvoll machen sie das, und dann ...

- Interessiert uns alle wahnsinnig, meinte Kolobratnik ironisch, - aber ein viel größeres Problem sind die Schlafstörungen. Ich meine, jeder kennt doch dieses komische Gefühl, wenn du liegst und überlegst, wie das war mit der Tierarztrechnung, und du kommst vom Hundertsten ins Tausendste und dann guckst du auf die Uhr und es ist schon zwei und du weißt nicht, wo die Frau die Schlaftabletten versteckt hat, und du weckst sie und sie schreit dich an, du sollst sie in Ruhe lassen, und du lässt sie in Ruhe, aber sie kann nicht weiterschlafen, und am Schluss sitzt ihr beide da mit traurigem Gesicht und ihr geht runter zum Fernseher und seht Skyview oder so was, wo sie die Erde von oben fotografieren, hoch-interessant, weil man da alles erkennen kann: den Golf von Akaba, das rote Meer, Australien, Grönland und so, und mein Nachbar, der Fluglotse – der mit dem Goldzahn, ihr habt ihn ja letztes Jahr kennengelernt – der meint, dass man sogar unsere Straße erkennen kann und seinen Daimler vor der Haustür, das Nummernschild, all das kann man angeblich erkennen, aber das halt ich für Spinnerei, denn bei mir hat das nie geklappt.

Ja, da kriegst du Depressionen bei Schlaflosigkeit, da drehst du durch, da geht dir die Lebenslust ab, wenn ich das so sagen darf.

- Schon mal an Selbstmord gedacht?, unterbrach ihn Sagichmal. - Ich meine, das wäre doch die Lösung, dann hast du Schlaf mehr als genug und den Daimler schaust du dir von unten an, sagichmal, ich meine, das müsste man mal probieren. Oder?

- Müsste man, sagte Sachse geistesabwesend, - aber ich überlege gerade, wo Abril abgeblieben ist, die wollte auch mal reingucken heute Abend.

Und dabei machte er ein seltsames Gesicht, so eine Mischung aus Verlegenheit und Nervosität, und schaute immer wieder auf seine Uhr, weil ja niemand das neue Jahr verpassen will. Ist genauso wie zu spät in die Oper kommen, will sagen: wenn die Hexe schon im Backofen ist.

Und dann plötzlich, wie auf ein geheimes Kommando, begann die Böllerei draußen, so wie ich es noch nie hier bei uns erlebt hatte, und dazu Leuchtkugeln, Vulkan-Fontänen, Goldkometen, Silberfische, rote Sterne, Bombenraketen, Dampfhammer – all der Mist, den sich die Chinesen der Big-Bang-Dynastie vor tausend Jahren ausgedacht hatten, und ich sah ein Amselpaar, das in Panik und Todesangst herumflatterte und einen Unterschlupf suchte, unter den Dachpfannen, hinter den Büschen, zwischen den Tannen, irgendwo. Es fand ihn nicht.

Und dann klingelte es an der Haustür, lange, laut und unüberhörbar, und Sachse sagte, - das wird sie sein oder die Möllers von nebenan, die kommen jedes Jahr auf einen Händedruck vorbei, ich werd' gehen und mal nachschauen und ihr trinkt schon mal euren Rotkäpp-chen-Sekt, und Kolobratnik erteile ich den dienstlichen

Befehl nachzuschenken, wenn die Gläser leer sind.

Musste ein ziemlich langer Händedruck gewesen sein, aber sowas passiert eben bei solchen Stehkonventen in der offenen Tür, jedenfalls hatte Kolobratnik viel zu tun mit dem Nachschenken.

Irgendwann beschlossen Nora und ich, mal nachzuschauen. Wir gingen die fünf Treppen hinunter, ich voran, Nora hinterher, und draußen knallten sie weiter, nicht so schlimm wie Punkt zwölf, aber immer noch dröhnend und ohrenbetäubend.

Zu sehen gab es nichts unten im Hausflur, aber zu hören war da was, ganz am Ende, hinter dem Aufzugschacht, dort, wo Vainstain immer seine Fahrräder und Kinderwagen abstellte, wie ein Ächzen klang es, so als würde Vainstains Frau wieder mal allein ihr Fahrrad die Kellertreppe hinaufschleppen.

- Prost Neujahr, rief ich, Masel tov, Glück und Gesundheit!

Ich ging den Flur nach hinten durch und an der Treppentür sah ich, was los war. Von wegen Glück und Gesundheit!

Drei Körper, alles andere als gesund und verdammt tot, wie mir schien: Abril und Akira mit zerschossener Brust, und daneben Sachse, gesichtslos, aber immerhin mit halber Schädeldecke. Er hatte noch seine 9 mm in der Hand. Besser, er hätte sie von der Elbbrücke geworfen.

36

Eine schlüpfrige Mordsstory

Der Mann war tot, toter ging's nicht. Er lag da mit eingeschlagenem Schädel neben seinem Wagen im Dreck des Chaussee-Parkplatzes, und ein Wintermond schien kalt auf sein zermantschtes Gesicht.

- Den hat es ganz schön erwischt, sagte ich zu Miri und stieg aus dem Auto. - Gib dein Handy, ich ruf die Polizei.

- Mein Handy? Sie schüttelte den Kopf. Sie hatte es im *Mau-Mau* vergessen, diesem verrufenen Laden, wo sie in weißen Stiefeln und schwarzen Netzstrümpfen Tabledancing gemacht hatte und Striptease und die anderen Sachen, die bei Junggesellenabschieden abgehen.

Ich holte die Hundedecke aus dem Kofferraum, legte sie über den Mann, und dann fuhren wir los und suchten ein Telefon. Die Nacht war dunkel und kalt und die Flügel hunderter Windräder drehten sich langsam auf den Weißkohlfeldern im Scheinwerferlicht. Schließlich fanden wir eine dieser Spät-Tankstellen, wo man durch eine Scheibe aus Panzerglas spricht und das Geld in einen Drehteller wirft.

- Nix Telefon! Eine füllige Schwarze, Schwester von Ella Fitzgerald, winkte mit dem Zeigefinger ab.

- Ein Mord, sagte ich, - beeilen Sie sich!

Sie wählte die 110, reichte mir widerwillig ein Handy durch den Schlitz des Fensters und schaute auf ihre Uhr:

- Drei Minüüt ein Öro.

Am anderen Ende ein Typ, dessen Namen ich nicht verstand, Kommissar oder sowas.

- Ich höre, nuschelte er. - Was haben Sie für ein Problem?

- Eigentlich nichts Besonderes, sagte ich, - nur ein Mann mit eingeschlagenem Schädel an der L 111, bei den Windrädern.

- Tot?

- Tot wie ein Dodo. Kommen Sie schnell!

Eine halbe Stunde später war er da: ein kräftiger Kripo-Bursche mit Schnurrbart, Tätowierung auf dem Unterarm und silberner Panzerhalskette, und dazu ein junger, wichtigtuerischer Fettwanst mit Kamera, Blitzlicht und dem üblichen Zeugs zur Spurensicherung sowie ein belgischer Schäferhund namens Rambo.

- Ihr Name war Demuth oder so, wenn ich richtig verstanden habe?, fragte ich.

- Demir, verbesserte er, Malik Demir. Die meisten haben Schwierigkeiten mit einem türkischen Namen.

- Malik, hat das eine Bedeutung?

- Sicher, nickte er, - das ist einer, der sich mit Gedichten beschäftigt. Passt zu mir, weil ich chinesische Naturlyrik mag: grüne Auen, Ruhe und Harmonie, Geschichten von Silberreihern über grauen Seen, eine schöne Frau, die errötet, azurblau der Himmel, grün das Meer, pochende Herzen und in der Hand des Sängers eine Jadeflöte.

Und dann rezitierte er das Vogellied von Mei Sheng:

Am Ufer, hinter Weiden steht ein Haus.

Ein zartes Mädchen sieht zur Tür hinaus.

An der Voliere steht der Mandarin.

Ein kleiner Vogel singt und hüpft darin.

Verschließ den Käfig, hüte gut das Haus!

Sonst fliegt der Vogel in den Wald hinaus.

Mit zwei Autos fuhren wir los, ich mit Miri voran, Malik und sein Schammes hinterher, und als wir ankamen, war der Mond verschwunden und es begann zu schneien: große Flocken, nass genug, alle Spuren zuzudecken.

Malik stieg aus, hob die Decke von der Leiche und leuchtete mit seiner Scheinwerferlampe.

- Der ist kaputt, Sie hatten Recht, meinte er. - Sieht aus, als hätte Satan persönlich mit einer Lieblingskeule zugeschlagen. Wir sollten ihn mitnehmen, bevor er von den Füchsen angenagt wird!

Er holte einen schwarzen Plastiksack mit der Aufschrift *Berufsfeuerwehr* aus dem Wagen, zusammen mit dem Fettsack hievte er den Toten hinein und zurück ging es in die Stadt, wo der Morgen dämmerte.

Miri hatte sich an mich gelehnt und zitterte vor Angst, aber dann plötzlich nickte sie ein. Das war, als wir am Krematorium vorbeifuhren.

Zwei Tage später rief mich Malik an, am Nachmittag, als die Glocken die Vorabendmesse einläuteten.

- Tut mir leid, wenn ich Sie störe, aber es scheint, wir haben den Täter: Einen Mercedes-Fahrer, der hat sich am Tatort herumgetrieben, Zigaretten geraucht und telefoniert.

- Bravo, *à la bonne heure*, sagte ich. - Ich nehme an, Sie haben auch schon den Namen herausgekriegt.

- Klar, er räusperte sich. - Kein Problem, nicht mal am Sonntag. So ist die Provinz: flach das Land, steif die Brise und die Leute geradeaus. Nichts bleibt verborgen, und wenn einer den Löffel weggelegt hat, dann läuten die Glocken von St. Nicolai, nicht um sieben und zwölf, sondern eine Viertelstunde früher, und alles rennt zu Heikos Kneipothek und will wissen, wen es erwischt hat.

- Und wer war's diesmal?

- Sag ich Ihnen heute Mittag, wenn Sie mich zum Essen einladen.

Wir trafen uns bei Branko, dem Bosnier, beschlossen, uns zu duzen und setzten uns an einen Ecktisch. Ich bestellte Cevapcici im Speckmantel mit serbischer Soße und ein großes Bier, Malik ein Fladenbrot, dick belegt mit Thunfisch und Peperoni und dazu ein Seven Up.

- Und, was hast du herausgefunden?, fragte ich.

- Sehr interessant. Malik zückte sein Notizbuch und bleckte die Zähne.

- Beginnen wir mit dem Typ aus dem Leichensack: Alex Aebel, Aebel mit niederdeutschem Dehnungs-E, Versicherungsmensch, zweiunddreißig, unverheiratet und allseits beliebt. Dazu ein prima Posaunist. Wenn der auf dem Keglerball spielt, dann bleiben die Leute stehen und halten die Luft an.

- Und der andere?

- Du meinst den Mercedes-Mann? Ronald oder Ron heißt er, ein Aebel-Kumpel, ein seltsamer Kerl, ohne festen Job, aber trotzdem ein lustiges Haus. Trinkt Wein, wenn andere Bier trinken, und hat geweint wie ein Kind heute Morgen bei der Vernehmung.

- Hat er gestanden?

- Der und gestehen, schön wäre es, meinte Malik. - Er sitzt in U-Haft, aber der Saukerl hat ein Schweigegelöbnis abgelegt, so wie diese Klostertypen, die ohne Fernseher und PC auskommen müssen. Nein, er schweigt und schaut dich nur unentwegt an mit seinen Basedow-Augen, und ab und zu bewegt er den Kopf, aber nur um zu zeigen, dass er noch lebt. Und dabei Indizien ohne Ende.

Malik öffnete eine Akte. - Hier haben wir einen Mann, der hat ihn auf dem Parkplatz stehen sehen, direkt da, wo es passiert ist.

Ron hat gequalmt und aufgeregt telefoniert. Haben wir alles gecheckt. Und dann der Laborbericht, sehr interessant. Blutspuren von Alex im Mercedes, auf dem Beifahrersitz und dem Fußboden, und danach Innenraumreinigung Spezial für hundert Euro. Hast du schon mal für so was hundert Euro ausgegeben? Ich meine, da muss einer ganz schön verrückt sein oder was zu verbergen haben, wenn er das tut. Fehlt nur noch ein Video, wie er Alex den Schädel einschlägt. Da bist du platt, was? Malik schaute sich triumphierend um.

- Weshalb ich dir all das erzähle? Ich will ehrlich sein: Morgen werden Sie was in der Zeitung schreiben und ich will nicht, dass das Unsinn ist. Würde auf mich zurückfallen.

- Sehr beachtlich, deine Recherche, sagte ich. - Hundert Spuren, aber kein Geständnis. Warum habt ihr nicht etwas nachgeholfen?

- Du meinst, ein paar herausgeschlagene Zähne, den Kopf in der Kloschüssel oder Elektroschocks? Ich fürchte, du hast zu viele französische Kriminalfilme gesehen: Diese Streifen mit Lino Ventura und Alain Delon, wo die Citroens noch Trittbretter und aufgesetzte Scheinwerfer haben.

Kannst du vergessen den Quatsch! Bei uns hier läuft alles strikt nach Recht und Gesetz, buchstabengetreu, und wenn einem wirklich mal die Hand ausrutscht, dann kann er sich einen neuen Job suchen: Detektiv bei Karstadt, Nachtwächter oder meinetwegen Puffrausschmeißer im *Pascha*, wenn du den Laden kennst.

Nein, die Spielchen kannst du vergessen, eine nette Belustigung, aber streng verboten – so wie die Todesstrafe.

- Und diese Geschichte, wo die Bullen einem Penner das Ohr abreißen?

- Sensationsgeil und pervers die Story! Malik verzog angewidert das Gesicht. - Und erlogen obendrein. Die Schmierfinken von der Revolverpresse sind da ganz groß. Hast du schon gelesen, womit die heute aufmachen?

Er legte eine Zeitung auf den Schreibtisch. - *Richter will Penis nachmessen,* las er vor. - Siehst du, zwei Cicero groß die Überschrift und dann noch rot unterstrichen. Ist das normal? Sag selbst!

- Ich glaub, wir sind etwas vom Thema abgekommen, meinte ich. - Ich wollte eigentlich nur …

Malik grinste und strich mit der Zunge über sein Lippenbärtchen.

- Kommen wir zurück zu den Indizien: Blutspuren, Rons Telefongespräche und die Zeugen.

- Okay, okay, sagte ich, bloß warum soll er ihn umgebracht haben, seinen Kumpel?

- Warum, warum? Malik wurde ungeduldig. - Warum hat Kain seinen Bruder erschlagen? Sag mir, warum? Weil er ein Loser war und ein eifersüchtiger Neidhammel. Besser, die Eltern hätten mehr mit ihm gekuschelt als mit dem Kleinen.

*****

- Nett, deine Story gestern, sagte Malik, als er mich anrief, und schnalzte mit der Zunge. - Wunderbar! So werde ich Polizeipräsident mit Dienstwagen und Chauffeur. Wenn du willst, kannst du auch bei der Vernehmung heute Nachmittag dabei sein, aber nur hinter der Glasscheibe, wo der Typ dich nicht sieht, sonst ist er verstimmt.

Der ideale Schwiegersohn, ging es mir durch den Kopf, als sie Ron in das Vernehmungszimmer führten: Groß, sauber und freundlich, mit einem ordentlich gebundenen Pferdeschwanz und ohne irgendwelchen Firlefanz im Gesicht, keine Brillis, keine Ohrclips, keine Nasenringe – nichts dergleichen, nur eine Art Überbein an der Stirn, wie es auch meine Großmutter zeitlebens gehabt hatte, schlecht operiert und irgendwie unpassend da oben.

- Sie können rauchen, sagte Malik gönnerhaft, - und wenn Sie einen Kaffee wollen, kein Problem: Café Crema, Cappuccino, Espresso Ristretto, ist alles da.

Ron nahm Ristretto, setzte sich Malik gegenüber an den Schreibtisch und machte seine Angaben zur Person.

- Prima, und jetzt erzählen Sie, wie Sie Ihren Kumpel totgeschlagen haben! Malik nickte aufmunternd.

- Ich nehme an, da war Notwehr im Spiel oder so was in der Art, denn wie ein Mörder sehen Sie nicht aus.

- Nix da! Ron lehnte sich zurück, schloss die Augen und schüttelte den Kopf. - Ich schweige.

- Schweigen ist Kacke, sagte Malik.

- Stimmt nicht, sagte Ron und schüttelte den Kopf, - schweigen ist gut, das weiß jeder. Immer schön den Schnabel halten, das ist das Beste, wenn sie dich in der Mangel haben, und keiner darf dann sagen: Er ist es gewesen, denn sonst hätte er ja nicht geschwiegen.

- Klugscheißerei, sagte Malik, - alles Klugscheißerei! Wenn Sie nicht mitspielen und den Kadi die ganze Zeit nur blöd anstarren, dann reagiert er sauer und gibt Ihnen acht Jahre statt fünf, einfach so aus der Lamäng.

Also gestehen und kooperieren, das kann man nur empfehlen, dann ist die ganze Chose schon um zwölf in trockenen Tüchern und der Richter kommt rechtzeitig zu seiner Siesta. Und weil er jetzt gutgelaunt ist, denkt er sich: Eigentlich hätte ich ihm acht Jahre geben sollen, dem Schweinehund, aber er war einsichtig, hat mitgespielt, hat keinen Ärger gemacht, und darum kriegt er nur fünf.

- Siesta oder nicht – ist mir vollkommen egal, sagte Ron. - Ich hab doch gesagt, ich sag nichts, kein Kommentar. Von jetzt an hören Sie von mir keinen Mucks, und wenn Sie sich auf den Kopf stellen. Schade um die Zeit, die wir verlieren. Er griff in seine Hosentasche, holte zwei chinesische Jadekugeln heraus und begann, sie klickend zwischen seinen Händen hin und her zu rollen.

- Okay, dann werde *ich* reden, aber vorher sollten Sie sich warm anziehen, alter Heuchler! Malik war aufgestanden und hinter Ron stehengeblieben.

- Das ganze Leben nur Aushilfsjobs, aber trotzdem im-

45

mer einen auf dicken Max machen: dicker Wagen, Maison-Wohnung, Anden-Urlaub, Teenie-Affären am laufenden Band, und weil Sie pausenlos schwach auf der Brust sind, brauchen Sie Geld.

Von wem? Ihr Kumpel, ist doch klar, der ist clever, der macht in Versicherungen, der ist großzügig, der zahlt: mal hundert, mal fünfhundert und mal tausend. Aber irgendwann will er es wiederhaben, sein Geld: braucht einen Wintergarten am Haus, einen Sportwagen, eine Weltreise – das alles ist teuer, das zahlt man nicht mal eben aus dem Sparstrumpf. Und Sie sagen: Alles kein Problem, Bruder, ich hab da was laufen, nur noch eine Woche, das schwöre ich, dann kriegst du alles zurück, bis auf den letzten Cent.

Alles Blabla. Nichts haben Sie zurückgezahlt, keinen Penny, aber versprochen haben Sie es hundertmal. Und schließlich hat er sich verarscht gefühlt, der gute Alex. Schluss jetzt mit der Hinhaltemasche, hat er gesagt. Freitagabend habe ich mein Geld, das ist mein letztes Wort, das allerletzte. Wenn nicht, dann ziehe ich andere Saiten auf, dann lasse ich pfänden, so dass dir nur noch die Klobürste bleibt.

Ron legte seine Kugeln weg und streckte die Beine weit von sich unter den Tisch, ganz lang und lässig, und da schien mir, dass seine Schuhe unterschiedlich groß waren: zweiundvierzig, wie ich schätzte, der linke und vielleicht sechsundvierzig der rechte.

Seltsam, aber so was soll's geben, hatte ich gelesen.

- Ich muss mir das nicht anhören, sagte Ron, - wenn das so weitergeht, dann … Er überlegte, was er sagen sollte.

- Tun Sie, was Sie wollen! Malik zuckte gleichgültig die Achseln. - Ich werde meinen Bericht schreiben und ein herzloser Richter wird Sie in den Knast schicken, lebenslänglich wegen Mordes.

- Mord, dass ich nicht lache!, sagte Ron, - ich lasse mich nicht verarschen.

- Na ja, Totschlag und zehn Jahre Knast wären auch nicht schlecht, meinte Malik, - und für Sie gibt es noch zwei Jahre extra, weil Sie die ganze Zeit den Obersturen gespielt haben in den Sitzungen.

*****

Richter Weinhaus hatte hellblaue Augen und ein markantes blatternarbiges Gesicht, das an Scarface erinnerte, aber vielleicht war das der Grund dafür, dass man ihm den Vorsitz der Strafkammer gegeben hatte.

Für das Verfahren hatte er zehn Verhandlungstage geplant, aber am Ende wurden es nur vier, weil Ron nichts sagte und sein Anwalt keine Mätzchen machte.

- Schade, dass wir kein Geständnis haben, sagte der Richter, - aber wir wissen, dass er's war. Telefonate, Zeugenaussagen, Blutspuren im Auto, Polsterreinigung – die

Indizien sind erdrückend. Trotzdem, vieles ist schleierhaft. Zum Beispiel das Motiv. Da müssen wir raten: Geldgeschichten, Neid, Eifersucht?

Und dann: Wie, zum Teufel, ist es abgelaufen? Baseballschläger, Wagenheber, Ziegelstein, Hammer, Keule oder sonst was? Möglich ein Handgemenge als Ouvertüre, Flüche, Beleidigungen und ein Gerangel wie bei einer Kirmeskeilerei. Und da liegt ein Pflasterstein herum, seit Urzeiten liegt er da: groß, grau, rund und schwer, und schon haben wir den schönsten Schädelbasisbruch und eine Menge Blut aus Nase und Ohren.

Und Freund Ron denkt: Verflucht, was habe ich dir bloß angetan, Junge! Aber vielleicht lebst du noch und in der Klinik machen sie dich wieder munter. Kann man immer wieder hören, diese Dinge. Also rein mit dir ins Auto – ganz schön schwer bist du, Brüderchen! – und ab ins Krankenhaus!

Doch als er starten will, stellt er fest: Der hat ausgeschnauft, dem tut kein Zahn mehr weh, *Love's Labour's lost.*

Also lass ich dich lieber hier bei den Windrädern! Mögest du einen erholsamen Schlaf haben, Kumpel!

- Ich hätte da noch was! Eine Beisitzerin, eine spitznasige Dame namens Hildegard mit Nickelbrille und Birkenstock-Schuhen, hob die Hand. - Ich meine, wäre es nicht möglich, dass das Opfer angefangen hat, und der Typ wollte sich nur verteidigen und dabei hat er vor Schreck etwas zu fest zugeschlagen?

- Wäre möglich, sagte Weinhaus, - wir haben ihn ja gefragt, aber der Typ guckt dich nur an mit seinem treuen Dackelblick, schüttelt den Kopf und macht den Mund nur zum Gähnen auf. Nein, bleiben wir ruhig bei Mord, Totschlag oder fahrlässiger Tötung.

- Würde ich auch so sehen, sagte die Beisitzerin, - wobei Mord ... na ja, die niedrigen Beweggründe und so weiter, die werden wir ihm nicht nachweisen können.

- Und fahrlässige Tötung wie bei dem *Fastest Man on no Legs?*, wollte Weinhaus wissen.

- Geht mir total gegen den Strich, ehrlich gesagt, meinte die Nickelbrille, - das hieße doch, er darf ruhig zuschlagen, aber – bitt' schön! – nicht zu fest.

- Wunderbar! Dann läuft alles auf Totschlag hinaus und damit hätten wir ihn an den Eiern.

Weinhaus schlug seinen StGB-Kommentar zu und erhob sich, aber der andere Beisitzer, ein Glatzkopf mit einem sonderbaren Zucken im linken Auge, wollte noch einen Plausch über das Strafmaß.

- Muss nicht sein! Weinhaus schüttelte den Kopf. - Machen wir's nach meiner Methode!

Knast zwischen fünf und fünfzehn Jahren sagt das Gesetz, und jetzt machen wir alle drei einen Vorschlag und dann nehmen wir den Mittelwert. Bin mal gespannt, was dabei herauskommt.

Es waren siebenundzwanzig Jahre, nämlich zweimal acht und einmal elf, die stammten von Weinhaus. Der schmunzelte. - Das gibt dann neun Jahre, wenn ich richtig gerechnet habe. Eine schöne Zeit, da kann er ein Studium im Knast machen und nebenbei noch eine Fremdsprache lernen: Ungarisch, Russisch oder sowas.

- Oder vielleicht Jiddisch, sagte die Spitznasige keck.

Weinhaus verzog das Gesicht zu einem sonderbaren Grinsen.

- Jiddisch, was wollen Sie damit sagen, bitte schön?

- Nichts, sagte die Frau mit rotem Kopf. - War mir nur so herausgerutscht, wollte eigentlich Chinesisch sagen.

- Dann einigen wir uns auf Chinesisch, das wird er brauchen, die Welt wird chinesisch sein, wenn er wieder rauskommt aus dem Kittchen. Weinhaus schaute auf seine Uhr. Es war kurz nach halb eins, Zeit für die Mittagspause.

Zur Urteilsverkündung hatte sich Ron ein rotes T-Shirt mit der Aufschrift *Jesus loves you all* angezogen. Er saß mit gefalteten Händen in seiner Bank, bewegte die Lippen, und es hatte den Anschein, dass er betete.

- Nach dem Gesetz haben Sie nun das letzte Wort, sagte Weinhaus. - Wollen Sie reden?

Ron nickte, holte einen Zettel aus der Jackentasche und begann, eine Erklärung vorzulesen: Ein entsetzliches Verbrechen habe er begangen, eine Tat, die er aufrichtig bereue, und darum bitte er alle um Verzeihung, alle, besonders Alex' Eltern.

Und dann war es aus mit der Beherrschung. Er schlug die
Hände vor sein Gesicht und schluchzte hemmungslos,
und auch Alex' Mutter begann zu weinen und fragte
immer wieder: - Warum hast du das getan, warum hast du
uns den Sohn genommen, was hat er dir getan? Sprich
endlich, ich flehe dich an!

Weinhaus wartete ab, bis sie sich beruhigt hatten. -
Möchten Sie jetzt noch was hinzufügen, Tathergang,
Motiv oder so?, fragte er Ron.

- Jetzt nicht, vielleicht später, sagte der, wischte sich die
Augen, und sein Blick wurde fahrig und scheel, so als
suche er nach etwas draußen im Hof.

- Da sind wir aber gespannt, meinte Weinhaus, und dann
verkündete er: - neun Jahre.

*****

Ein paar Tage danach traf ich mich wieder mit Malik bei
Heiko.

- Ron ist raus, aus seinem Superknast abgehauen, sagte
Malik, - und keiner weiß, wie es passiert ist. Elektrozaun
rundherum, Nato-Stacheldraht vom Feinsten,
Überwachungskameras, schießwütige Wärter wie in
Alcatraz, und trotzdem war er weg wie ein Geist. Muss
mit dem Teufel im Bund stehen, der Kerl, sonst habe ich

keine Erklärung, und wenn ich mir sein verdammtes Überbein ansehe: Womöglich ist er es sogar selbst, der Teufel.

- Der Teufel? Ich musste lachen. - Den gibt es nur im Märchen.

- Siehst du, da haben wir's, sagte Malik. - Es gibt ihn, aber er macht uns glauben, dass es ihn nicht gibt. Also verkleidet er sich, weint, betet, spricht mit Engelsstimmen, schlägt Kreuze, singt *Gelobet seist du Jesus Christ*, pilgert nach Santiago de Compostela. Teuflisch!

- Mein lieber Malik, sagte ich, - wenn mir etwas so richtig auf den Sack geht, dann ist das dein okkulter Nonsens. Und das im Zeitalter von *Rosetta* und *Mars Express*. Für alles gibt eine rationale Erklärung, nur braucht man Geduld. Also nichts für denkfaule Spinner. Wenn Ron weg ist, dann war er cleverer als andere, aber er hat sich nicht durch das Schlüsselloch gezwängt. Irgendwo macht er sich jetzt einen schönen Tag. Jede Wette, ich werde ihn finden, in spätestens einer Woche hab ich ihn.

- Dann wetten wir! Malik hielt mir seine Hand hin und ich schlug ein.

*****

Einen Typen aufzustöbern – kein Problem, wenn du seine Schwächen und Laster kennst. Der Zocker zockt in Vegas, der Fußball-Freak brüllt im Bernabéu, den

52

Kinderschänder zieht es nach Patpong, den Surfer mit seinem Brett nach Hookipa Beach und den Whiskyfreund zum Speyside Whiskytrail, wo er, ein Probierglas in der Hand, eine Pagodendach-Destillerie besucht und von einer kiltberockten Jurastudentin aus Aberdeen die Geheimnisse des Maischens erfährt.

Und die Biertrinker? Wer für Budweiser schwärmt, der liegt in Tschechisch Budweis richtig. Oder in St. Louis, Missouri.

By the way: You know the Difference between American Budweiser and making Love in a Canoe? There is none: Both is fucking close to Water.

Ron war kein Zocker und kein Fan, er war kein Kinderschänder und ein Whisky-Connaisseur schon gar nicht, aber er liebte Frauen und Rotwein, besonders den lilaschwarzen Malbec aus Jerez.

Ein Blick auf den Kalender zeigte mir: In Jerez begann die *Fiesta de la Vendimia*, das Fest der Weinlese mit seinen Umzügen, gegenüber denen der Karneval in Rio ein bescheidener Highschool-Cheerleader-Aufmarsch ist.

In Jerez würde ich ihn finden, unseren Mann, da war ich sicher.

Aber was heißt sicher angesichts der Menschenmassen, Pferdewagen und Traktoren in den Straßen, angesichts verwegener Gauchos mit schwarzen Hüten, verspielter Gaukler, dröhnender Musikkapellen? Nichts heißt es, gar nichts. Ron in Jerez suchen – das war wie die Suche nach Marias Kontaktlinsen damals nach unserem Schäferstündchen im Heuschober.

Wir haben sie übrigens nicht gefunden, die Linsen, obwohl wir jeden einzelnen Strohhalm umgedreht haben. Und da Maria fortan eine Brille trug, ist unsere Beziehung in die Brüche gegangen, weil … ich steh nun mal nicht auf Brillenfrauen. Wären wir zusammengeblieben, ich wäre Co-Editor unseres Blatts, hätte mein Büro im 14. Stock mit Blick auf den Kaiserforst und Rons Existenz ginge mir am Arsch vorbei. Aber so ist das Leben: *Small Cause – big Effect.*

*****

Also das gute alte Jerez und nicht Madrid oder Marbella. Ich setzte mich in ein Straßencafé, bestellte eine Flasche Wein und Empanadas mit Chorizo-Füllung, ließ die allegorischen Fuhrwerke und Gespanne mit ihren anmutig vom Thron herab lächelnden Weinköniginnen an mir vorbeirollen und mischte mich dann unter die Leute am Straßenrand.

Am Ende des Zuges die obligate Prozession mit Sonnenmonstranz, einer Menge Kreuze, Fahnen, Weihrauch, einem Brokatbaldachin mit einem Bischof darunter und hinter ihm in frommer Andacht viel Volk, in Dankgebete versunken. Unter ihnen – ich traute meinen Augen nicht – Ron der Meuchelmörder mit gesenktem Blick. Ein rotes Tuch um die Schultern und einen Strohhut auf dem Kopf, hinkt er hinter den anderen her und murmelt in spanischer Sprache seinen Spruch: *Dank Dir, oh Herr, für die Sonne, den Regen, den Wind und die Trauben in ihrer Pracht und ihrem Duft.*

Ich warte das *Amen* ab, rufe seinen Namen.

- Also doch!, sagt er und kommt zu mir herüber. - Ich habe Sie erwartet.

Wir gehen ins *Los Santos*, finden einen Tisch am Fenster und bestellen zwei Flaschen, für jeden von uns eine.

- Ich weiß, Sie haben eine Menge Fragen, meint er.

Er nimmt ein Schälchen grüner Oliven, lehnt sich in seinem Korbstuhl zurück, und zum ersten Mal kann ich sein Gesicht von ganz nahe betrachten: Seine kleinen Augen, die breite Nase, sein spitzes Kinn, den schwarzen Haarzopf und sein verdammtes Überbein auf der rechten Stirnseite, heute rot angelaufen und ziemlich protuberant, wie mir scheint. Sah irgendwie netter aus, der Kerl, als ich ihn im Gerichtssaal auf der Anklagebank sitzen sah damals, aber seitdem sind viele Trauben in Jerez gelesen und gestampft worden.

Wie er entfliehen konnte, will ich wissen.

Und er grinst und meint: - Ganz einfach, Schmiergeld, was denn sonst? Zehntausend Dollar und fünf für den Oberaufseher extra.

Meine letzte Frage hat mich all die Monate nicht losgelassen. Jede Nacht bin ich mit ihr eingeschlafen, morgens mit ihr aufgewacht wie mit einer schönen Frau. Sein Motiv meine ich, seinen verdammten Beweggrund. Den ist er uns noch immer schuldig geblieben, trotz aller Drohungen und Versprechen.

- Das Motiv ..., er bestellt noch eine Flasche, - ich könnte es Ihnen nennen. Vier Worte, vier Sekunden, nicht mehr. Suchen Sie, lesen Sie Shakespeares Richard und Sartres Goetz, dann wissen Sie Bescheid. Wenn Sie es bis morgen herausfinden, liefere ich Ihnen die Weinkönigin frei Haus, als Geschenk verpackt und mit allem Drum und Dran.

- Und wenn nicht?

- Wenn nicht, dann sind Sie zu dumm für diese Welt, dann bleibt Ihnen nur noch der Strick. Wäre mir auch recht.

Nun sind Shakespeare, Dante, Goethe, Sartre und wie sie heißen nicht unbedingt mein Ding. Ich halte es mehr mit lustigen Comics und gefühlvollen Nackenbeißer-Romanen.

Gleichwohl habe ich Rons Motiv herausgefunden, mit Maliks Hilfe übrigens, und am nächsten Tag sagte ich es Ron geradewegs ins Gesicht: - Warum Sie es getan haben? Um des Bösen Willen, wie der Philosoph sagt, vier Worte nur und wahrhaft diabolisch!

Da war er verblüfft, der Lumpenkerl, und dann meinte er:
- *Chapeau, chapeau*, ganz schön ausgefuchst! Und jetzt geh hin und du wirst finden die Königin der *Vendimia* in einen Schleier gehüllt auf deinem Bette liegen.

- Lachhaft!, meinte ich. - Mich legt keiner rein, nicht einmal Luzifer persönlich.

- Reinlegen? Er schüttelte den Kopf. - Reinlegen ist abgeschafft während der *Fiesta*, das können Sie mir glauben. Also gehen Sie und schauen Sie!

Ich habe sie sogleich wiedererkannt: Guadalupe, die schöne Bacchantin. Gestern hatte sie verführerisch lächelnd auf dem Dionysos-Wagen gesessen, zu Füßen eines bärtigen, ziegenfüßigen Pan, jetzt lag sie auf meinem Bett, und ihre kleinen Füße waren die schönsten, die jemals Trauben gestampft hatten.

Und nett war auch, dass sie weder eine Brille noch Kontaktlinsen trug, sondern stattdessen ein Tiger-Tattoo auf dem Steißbein. Wie oft wir uns geliebt hatten: Ich weiß es nicht mehr, ich weiß nur noch, dass mich am Ende der Vendimia-Rausch ergriffen hatte und meine Sinne vernebelte.

Sie blieb die Nacht und begleitete mich tags drauf zum Flughafen, und als ich die Gangway hinaufstieg, glaubte ich, hinter dem Abfertigungsfenster Rons Gesicht zu sehen. Aber da bin ich mir nicht sicher.

Beim Start hatte ich ein mulmiges Gefühl in der

Magengegend, denn niemand lässt sich ungestraft mit dem Leibhaftigen oder seinem Nothelfer ein. Doch dann wurde es ein grandioser Flug ohne Luftlöcher und Turbulenzen, und weil mein Gesicht nach der langen Nacht ziemlich verkatert aussah, schenkte mir die Hostess zur Aufmunterung eine Flasche Sekt extra brut: *Chinchin Señor y Salud!*

Malik holte mich am Flughafen ab. - Alles ok?, fragte er.

- Hier siehst du mich gesund und munter, sagte ich, - all das Teufelsgerede – erdichtet und aus der Luft gegriffen.

- Freu dich nicht zu früh, meinte er und setzte ein besorgtes Gesicht auf. - Erst zum Arzt gehen und dann das Testergebnis abwarten. Man kann ja nie wissen.

Am nächsten Tag bin ich hingegangen und seitdem mache ich diese verdammte Tablettenkur, und immer, wenn mir übel wird dabei, dann spucke ich aus und sage: Pfui Teufel!

Hermann Hesses Gartenzaun

pießer hat mich kürzlich ein Mädel genannt, und das hat mir zu denken gegeben. Ich habe kein Tattoo, kein Lippenpiercing und einen Nasenring schon gar nicht, aber als Kind habe ich hin und wieder mal so eine Ahorn-Nase im Gesicht gehabt, das gebe ich zu.

Und mein Outfit? Ich trage einen Armani-Anzug und eine trendige Krawatte mit Doppel-Windsor-Knoten, ich habe das Haar alle fünf Wochen kurzgeschnitten, sage nicht *fuck* und andere nette Worte, die letzte Zeit in Mode gekommen sind, ich rauche nicht und saufe nicht, auch bei einem Joint winke ich höflich ab, und wenn einer frivole Witze erzählt, zum Beispiel den von den Kondomen im Handschuhfach, dann lächele ich und wechsele das Thema.

Das mit dem Haarschnitt und Maßanzug war allerdings nicht ganz meine eigene Entscheidung, wie ich zugeben muss. Nein, unsere Bank, die Comin-Bank, hat einen Dresscode, zumindest für alle, die Kundenkontakt haben. Ist verständlich, oder?

Kein Arsch käme doch auf die Idee, sein Geld jemandem anzuvertrauen, der aussieht wie ein Gothic Rocker oder Hardcore Punker mit toupiertem grünem Haar, Piercings in der Visage und einem Rosenkranz in der Nasenwand. Obwohl ..., die letzten Jahre haben gezeigt, dass auch ein weißes Hemd und ein dunkler Maßanzug keine Garantie für Seriosität sind.

Und Weibergeschichten? Nix da! Seit dem letzten Stiftungsfest meiner Burschenschaft bin ich mit Laura zusammen. Sie hat einen etwas großen Hintern und ist auch sonst nicht besonders reizvoll, aber als Tochter eines alten Herrn ist sie mir als Tischdame für das Fest aufgenötigt worden und jetzt habe ich sie an der Backe, was nicht heißt, dass wir miteinander schlafen.

Nein, bei ihr begnüge ich mich mit Petting, Necking und Ohrläppchen knabbern, obwohl sie sicher gegen eine anständige Nummer keine Einwände gehabt hätte. Einmal habe ich es versucht, das war im Wald unter einer stacheligen Fichte, aber es klappte nicht, aus welchen Gründen auch immer.

Zu allem Überfluss hat sie dann bei dem Gerangel noch einen Ohrring verloren, ein elterliches Geburtstagsgeschenk, vierzehn Karat, und wir haben am nächsten Tag einige Stunden gebraucht, eh wir ihn wiedergefunden haben, tief hineingepresst in das Moos mit ihrem fetten Hintern.

Dass bei diesen Verwicklungen alle Sinnenlust, wie ich es einmal nennen möchte, zum Teufel geht, versteht sich eigentlich von selbst. Oder?

Nein, Sex mit Laura – muss nicht sein, auch wenn sie einen guten Charakter hat und Schillers Glocke auswendig kann.

Das Mädchen törnt mich einfach nicht an, wie man heute sagt, bei ihr denke ich immer an andere Dinge: die

Bundesliga, die Tanzshow im TV, die Unterwäsche der Nachbarin auf der Wäscheleine, die sechs Jungen meiner Katze und so.

Nein, wenn ich guten Sex will, gehe ich ins *La Terrazza*. Das ist so ein Edel-Etablissement im Stadtwald, wo die Damen Abitur haben, einen siezen und höflich fragen: *Wie hätten wir's denn gerne, der Herr? Wir erfüllen Ihnen alle Wünsche, auch die extremsten, aber das kostet einen Fünfziger mehr.* Bei *La Terrazza* hatte mich übrigens mein Pate Ernö, ein durchgeknallter ungarischer Adelsmann, eingeführt.

- Siebzehn Jahre alt und immer noch keusch wie ein Lamm, ich kann's nicht fassen, hatte er gesagt und mich mitgeschleppt.

Wir haben dann zusammen dagesessen, Zigaretten geraucht und auf das Defilee der fünf diensthabenden Damen gewartet: eine Dunkelhaarige, zwei stattliche Schwarze von der Elfenbeinküste, eine füllige Blondine aus Böhmen und eine niedliche Elfe mit großen schwarzen Augen aus Salvador de Bahia. Die war Anfängerin, ziemlich scheu und verschämt, machte einen Knicks, als sie uns die Hand gab, und sagte: - Ich bin die Marcella.

- Die solltest du engagieren, sagte mein Taufpate, - die und keine andere.

- Okay, ich nickte pflichtbewusst, - aber vorher würde ich noch gern ins Bad, weil … ich bin ziemlich nervös, weißt du.

Sie wartete geduldig auf mich, Marcella, das scheue Reh. Schließlich nahm sie meine Hand, führte mich über weiche Teppiche in ein Zimmer mit rotem Licht und Spiegeln an Decke und Wänden und zog das ganze brasilianische Programm ab, mit allem Drum und Dran.

Ob ich's genossen hätte, hat mich Ernö danach gefragt, und weil ich nicht undankbar sein wollte, habe ich genickt und die Augen verdreht, doch in Wirklichkeit war es eine recht kurze Episode und ich stand schon fünf Minuten danach wieder unter der Dusche, fünf oder sechs meinetwegen, mehr waren es nicht.

Der Gipfel allen Glücks und Entzückens, wie das große Buch der Liebe schreibt? Ein Scheißdreck war das, wenn ich ehrlich bin, Basislager statt Gipfel. Nun ja, Kopf hoch, alter Knabe! Aller Anfang ist schwer, habe ich mir gesagt, *try to make the best of it!*

Und so nahm ich Extrastunden bei Marcella, dreimal die Woche, mit durchschlagendem Erfolg, und als ich einmal eine Viertelstunde zu früh erscheine, wen treffe ich da bei ihr im Vorraum? Doktor Goldmann, unseren Bank-Oberhäuptling, Sie werden es erraten haben. Er ist sehr verlegen, denn er ist verheiratet mit Frau Goldmann, und die hat das Geld.

Gar nicht auszudenken, was ihm passieren würde, wenn die Sache auflöge. Aber Schwamm drüber!

Ob ich tatsächlich, wie oben gesagt, ein *Spießer* bin – entscheiden Sie selbst, aber mir scheint, die Bezeichnung *Stino* wäre passender. Würde übrigens auch auf meinen Alten zutreffen. Der war Anzugträger, Rechtsanwalt und Notar, allen Verrücktheiten abgeneigt, und Weibergeschichten hatte er, soviel ich weiß, auch keine, doch ich bin mir nicht sicher.

Weil er es für gut und vernünftig hielt, hatte er mich schon zeitig bei den Messdienern unserer Kirchengemeinde angemeldet und als ich dreizehn wurde bei den Pfadfindern, wo wir in Lappland-Zelten schliefen und nachts am Lagerfeuer vor Madagaskar lagen, fauliges Wasser tranken und die Pest an Bord hatten.

Auch beim Tennisclub Blau-Weiß bin ich Mitglied geworden, obwohl mir Polo eigentlich mehr zugesagt hätte. Aber drei Pologäule, die man braucht, wollte der Alte dann doch nicht finanzieren. Irgendwo muss ja wohl mal eine Grenze sein, und die verläuft ziemlich genau am Maschendrahtzaun von Blau-Weiß unten am Flussufer.

Wahrscheinlich nehmen Sie an, dass auch ich Anwalt geworden bin. Falsch geraten!

- Jura? Zu verlogen diese Wissenschaft, hatte der Alte gesagt, - ein Jurist in der Familie genügt, ein zweiter wäre ein permanenter Frevel.

Und so studierte ich das Übliche, BWL wie fast alle aus dem Tennisclub, und bekam dank guter Noten, Manieren und Beziehungen des Alten einen Job als Kreditsachbearbeiter in einer japanischen Bank.

Wahrscheinlich wäre ich auch irgendwann Abteilungsleiter, Haupt-abteilungsleiter oder so was geworden und hätte Laura, der das ständige Ohrläppchenknabbern schon lange auf den Senkel ging, geheiratet, doch Kollege Zufall spuckte mir wieder einmal in die Suppe. Das war, als Ole seinen Siebenundzwanzigsten feierte und ich allein hinging, weil Laura mit Fieber im Bett lag.

Es war eine gut durchmischte Gesellschaft: zwei wichtigtuerische Club-Typen, die den ganzen Abend lang vom Tennis schwafelten, ein Italiener aus Neapel, der Modugno-Lieder sang und ganz passabel Gitarre spielte, zwei angetrunkene Wladiwostok-Russen, ein Pärchen, das sich an den Händen hielt und mit geschlossenen Augen herumknutschte, das halbe Kabinenpersonal des Air France-Flugs 112 sowie ein Japanbank-Mensch. Der hatte sich in seiner aufgesetzten Coolness ein Whiskyglas an einer Kette um den Hals gehängt und achtete darauf, dass immer nachgeschenkt wurde.

Schließlich war auch Stella gekommen, auf High Heels und in engen Jeans, zur einen Hälfte Sizilianerin, zur anderen Finnin, wobei ich mich fragte, welches ihr italienischer Teil war: der untere oder der obere.

- Das ist Fredo, der Bursche mit dem längsten Kolben hier in der Gegend, stellte mich Ole vor. Er liebte es, Leute zu schockieren.

- Höchst interessant, sagte Stella, - jetzt frage ich mich

nur noch, ob er mit den Jungs vom La Plata mithalten kann.

Sie stand auf, ging auf den Balkon, um zu rauchen, und ich schaute wie immer verlegen drein und sagte: - Ha, ha, ha! Guter Witz, mein Lieber, und vor allem originell, sehr originell. Aber vielleicht solltest du dir doch mal was anderes einfallen lassen.

Nebenbei gesagt: Sie stimmte nicht einmal, Oles Beschreibung, denn unter der Dusche nach dem Tennismatch war ich eher Mittelklasse, Modell 2er-BMW etwa. Hat mich allerdings nie gestört, denn was letztlich zählt, sind Innigkeit, Einfühlungsvermögen und Lauterkeit der Gefühle, wie ich in Doktor Winters Kolumne gelesen hatte.

Irgendwann – der Italiener sang *Stasera pago io* – kam Stella zurück und schmunzelte.

- Peinlich, peinlich, ich muss mich entschuldigen, sagte ich, noch etwas verwirrt, worauf sie lachte und meinte, ich solle mir nichts draus machen, drüben am La Plata hätte man ganz andere Sprüche drauf. Ob ich einen hören wolle?

Das wollte ich nicht und rauchen wollte ich auch nicht, doch ein Schluck Whisky, okay, da sagen wir nicht nein, vorausgesetzt es ist irischer.

- Komisch, alles Bankmenschen hier, sagte Stella und rümpfte ihr Näschen.

- Nix! Ich schüttelte den Kopf. - Der Eindruck trügt, die Russen sind Businessmen, wie sie sagen, die beiden Tennistypen da hinten Beerdigungsunternehmer, der Italiener Straßensänger und nur ich bin Banker. Nicht aus Leidenschaft, wäre eigentlich lieber Anwalt geworden wie mein Alter, doch das Recht ist eine Hure, und dann hab' ich eben BWL gemacht, *Economía*, wie man auf Spanisch sagt.

Und sie selbst? Nichts Vernünftiges: Ein Kurs in Ikebana, Au-pair in Atlanta, Architektur- und Kunststudium versuchsweise, das heißt ohne Abschluss. Aber das muss ja auch nicht sein, denn Don Emilio, der Papa, wird's schon richten, weil er alles richtet.

Als Ex-Provinzminister hat er tausend Connections nach allen Seiten, dazu ein großes Reisebüro und eine *Estancia* mit tausend Hektar im Hinterland. Außerdem ist er ein netter Kerl, lieb, anständig und nur mäßig korrupt. Wo gibt's so was noch in der *República Argentina?*

Wir sprachen über dies und das, und dann auf einmal wollte sie gehen, weil sie Kopfschmerzen hatte. Sie gehörte zu dem Typ Frau, die sich schnell langweilt, wenn nicht ihr Ding gemacht wird, aber was ihr Ding war, das hatte ich noch nicht herausgefunden.

- Ok, gehen wir, sagte ich. - Ich bring dich, wenn du nichts dagegen hast.

Das hatte sie nicht, und in der Enge des Lifts merkte ich, dass sie ein verdammt aufreizendes Parfüm aufgetragen hatte, eins, das mich irgendwie an die Mädels in *La*

Terrazza erinnerte, die mit Abitur und dem Siez-Comment.

In meinem Wagen fuhren wir den Fluss entlang, durch die Gartenschau und dann über die Avenue, die direkt zu unserem Haus führt, und in jeder Kurve merkte ich, wie sie näher an mich heranrückte. Ob es Zufall oder Absicht war – ich wusste nicht.

Spät kamen wir an und ich stoppte den Wagen hinter dem Haus unter einer Kastanie aus dem achtzehnten Jahrhundert. Der Mond schien, ein Nachtvogel klagte und irgendwann bekam ich etwas Taubenschiss von oben genau auf meine Stirn.

- Da wären wir also, sagte ich, meine Eltern sind im Urlaub.

- Das klingt gut, meinte sie, dann können wir ja noch einen Drink bei dir nehmen.

Etwas überraschend ihr Vorschlag. Meine Techtelmechtel hatten sich bisher im Heustock abgespielt, auf dem Tennisplatz, im hohen Gras hinter der Aula, auf dem Rücksitz eines Autos, am Flussufer und, wie gesagt, in *La Terrazza*.

Egal! Wir gingen hinauf in die Wohnung und kaum hatte ich das Licht angeknipst, entdeckte Stella schon die Hausbar und den japanischen Whisky.

- Genau das, was ich den ganzen Abend schon gesucht habe, meinte sie und schenkte uns ein, und als wir ausgetrunken hatten, schenkte sie nach.

Und dann geschah, was ich in hundert Filmen gesehen hatte. - Ich mach mich mal etwas frisch, sagte sie und verschwand im Badezimmer, und als sie wieder herauskam, war sie nackt und duftete ähnlich wie die Terrazza-Mädels.

Wie es weiterging? Genauso wie im Film, und ich glaube, dass ich meine Sache ganz gut gemacht hatte. Das verdankte ich den hingebungsvollen Bemühungen der scheuen Marcella aus Bahia.

Unsere Abschiedszeremonie drei Tage später war irgendwie krampfhaft und gekünstelt: Zuerst Zitroneneis mit Basilikum in der *Gelateria* Palavicini, dann eine Dampferfahrt flussabwärts zum Staudamm und am Ende das *Museum für außergewöhnliche Kunst,* das herausgerissene Klaviertasten, zerschmetterte Telefone und herabhängende Blecheimer zeigte, *ein Symbol der Zerrissenheit des modernen Menschen*, wie es in der Beschreibung hieß.

Am Flughafen schließlich das übliche Geknutsche und das Versprechen des baldigen Wiedersehens.

*****

Und dann habe ich mit Laura Schluss gemacht, korrekt und gesittet, wie es sich gehört, und ihr einen Brief geschrieben. *Liebste Laura, irgendwann musste ich es Dir sagen: Ich habe herausgefunden, dass ich Dich nicht liebe und darum möchte ich unsere Beziehung beenden. Wie das? Nun, Liebe ist, wie man sagt, immer eine Verrücktheit, ein Sinnenrausch, und verrückt bin ich nach Dir nie gewesen.*

Nein, so richtig verrückt bin ich nur nach Stella, einem argentinischen Mädchen, das ich erst vor zwei Tagen kennengelernt habe. Da sieht man mal wieder, wo die Liebe hinfällt! Wie ich Dich kenne, wird Dich mein Brief nicht aus dem Gleichgewicht bringen, und das ist auch gut so. Deshalb sollten wir weiter gute Freunde sein, Grüße und Geburtstagswünsche austauschen und uns in guter Erinnerung behalten. Einverstanden?

Übrigens: Der Ring, den ich Dir geschenkt habe: Behalt ihn! Und ich werde, falls du nichts dagegen hast, das silberne Zigarettenetui behalten, weil ja eh mein Name drinsteht. Gute Wünsche und liebe Grüße: Rob

Wie sie es aufgefasst hat, die brave Laura? Wüsste ich auch gerne, jedenfalls ist sie nicht vom Fernsehturm gesprungen, hat sich nicht unter den Thalys geworfen und Strychnin hat sie auch nicht geschluckt, denn einige Tage später habe ich sie Hand in Hand mit Maximilian, einem Typen aus dem Tennisclub, gesehen, im Südpark war das, und Maxi hatte seinen Hund dabei, einen schwarzen Labrador, der schleppte einen mittelgroßen Baum in seiner Schnauze mit sich herum und Maxi merkte das nicht, weil er die ganze Zeit mit Lauras Hintern beschäftigt war.

Damit hatte er auch genug zu tun.

Also alles gut gegangen. Gott sei Dank! Und Stella? Nicht ganz so leicht zu händeln, das Problem, schon wegen der zwölftausend Kilometer zwischen uns, aber ich fand Trost bei Larochefoucauld und seinen Aphorismen.

Die Entfernung macht die großen Leidenschaften größer und die kleinen noch kleiner, so wie der Wind die Feuer entfacht, aber die Kerzen ausbläst, hatte der Mann gesagt. Und so verlegte ich mich aufs Briefeschreiben, um das Feuer zu entfachen. *Meine Liebste* schrieb ich schwärmerisch, *meine Geliebte, meine Schöne, mein Engel, mein Schmetterling,* und ich schrieb weiter von *Sehnsucht, Liebe, Leidenschaft, Verlangen* — etwas kitschig, wie mir jetzt scheint, dafür tief aus der Seele kommend.

Verglichen damit waren ihre Briefe ziemlich prosaisch und irgendwann forderte sie von mir *Coraje,* wie sie es nannte. Meine Sachen sollte ich packen, bei der Bank in den Sack hauen und nach Argentinien auswandern, dem Land der Pampas, Urwälder und Rinder. Und meine Karriere? Keine Angst, Don Emilio regelt alles, auf den kann man sich verlassen! Der hat noch niemanden enttäuscht.

Das war sie, die Chance meines Lebens! Das Schicksal reitet vorbei und du greifst nach dem Saum seines Mantels. Deshalb mein Anruf bei Doktor Goldmann, mit dem man alles besprechen konnte.

- Gut, dass Sie kommen, sagte er und klopfte mir auf die Schulter.

- Sie wissen ja, diese Abteilungsleiterstelle ist frei geworden und ich hatte an Sie gedacht, weil Sie Eignung und Stil haben, aber auch Diskretion und Verschwiegenheit, alles, was man braucht in unserem Metier.

Deshalb machen wir Nägel mit Köpfen! Hier ist der neue Vertrag, lesen Sie, unterschreiben Sie und nächsten Monat sitzen Sie eine Etage höher, essen in der Chefkantine, haben eine Sekretärin und fahren in einem dunklen Bank-Mercedes.

Ist das ein Angebot? Ein Wahnsinn ist das, würde ich sagen, mein Lieber. Ich selbst habe fast zwanzig Jahre gebraucht, um dahin zu kommen, und Sie? Kaum sieben Jahre sind Sie dabei und jetzt schon das. Wissen Sie, was Sie sind? Ein Glückspilz sind Sie, ein Schoßkind der Götter, wie es Goethe ausdrücken würde. Und nun trinken wir einen Hennessy XO zur Feier dieses denkwürdigen Tages. Was dagegen?

Er holte eine Flasche, goss ein und wir tranken ein paar gute Schlucke, mehr als man gemeinhin an sommerlichen Montagvormittagen zu trinken pflegt.

Und dann, wir hatten die Flasche fast leer, drückte er mir seinen Montblanc-Füller mit achtzehn Karat Goldfeder in die Hand. - So, und jetzt Ihr Wilhelm unter das Papier, alter Junge!

Ich überflog den Vertrag, setzte mich und unterschrieb mit schönen breit geformten Lettern: *Napoleone Buonaparte.*

- Nehmen Sie!, sagte ich und reichte ihm das Papier.

- Hiermit ernenne ich Sie zum Marschall von Frankreich. Meine besten Wünsche!

*****

Stella hatte lange bei der Ankunft auf mich gewartet, fast zwei Stunden, weil die Fluglotsen wieder einmal streikten, und fiel mir in die Arme, so wie man es heute höchstens noch in Hollywood-Streifen zu sehen bekommt.

- Respekt, Respekt, Alter, sagte sie, du hast Eier. Hätte nicht gedacht, dass du den Absprung schaffst. Dafür kriegst du eine Belohnung.

Und sie setzte sich auf einen Schemel neben der Saftbar und begann mich abzuknutschen, dass mir die Luft wegblieb, und dann erschien der Kellner, tippte ihr von hinten auf die Schulter und meinte: *Despacio, despacio, Señorita*, weil er eine Scheißangst um seine verdammten Gläser hatte.

- Fahren wir, *mi amor!*

Wir kamen ziemlich flott voran auf der *Autopista*, aber als wir an der ersten *Villa Miseria* mit ihren Verschlägen und Wellblechhütten vorbeifuhren, stockte plötzlich der Verkehr und am Straßenrand erschienen halbnackte, breitarschige Prolo-Typen, die brüllten *Carne, Carne*.

Sie rannten nach vorn, wo ein Viehtransporter für den

Schlachthof umgefallen war.

Und dann begann das blutige Spektakel. Mit Hacken, Keulen, Äxten und Vorschlaghämmern schlugen sie den brüllenden Kälbern die Schädel ein, schnitten sich Fleischstücke aus den zuckenden Leibern, wateten durch blutige Pfützen und waren wieder verschwunden.

*****

Don Emilio wohnte in der Nordstadt, weit genug entfernt von den blökenden Kälbern und den Ausdünstungen der *Favelas*, aber nahe genug an der *Avenida* mit ihren Gärten und den purpurfarbig blühenden Jakarandas.

Durch die Parks skateten mit lasziven Bewegungen dunkelhaarige Schönheiten in Hotpants, und ein Student im schwarzen Talar führte zwölf Hunde an der Leine: Windspiele, Retriever, Doggen und einen ekelhaft hässlichen Pudelpointer.

- Voilà, da sind wir! Stella deutete auf ein neues Appartementhaus mit Eingangstüren aus Bleiglas und einem Concierge hinter der Tür, der jeden Besucher misstrauisch musterte.

- Das ganze Haus?, fragte ich.

- Nur Stock elf und zwölf, meinte sie, - das ist schon protzig genug. Seit sie sich vor einiger Zeit bei den

Juristen eingeschrieben hatte, betrachtete sie die Welt mit anderen Augen.

Als wir auf zwölf die Fahrstuhltür öffneten, stand Don Emilio mit seinem grauen Schnurrbart schon im Flur und küsste mich überschwänglich: fünfmal links und fünfmal rechts, wenn ich richtig gezählt hatte.

- *Mi casa es tu casa,* sagte er, und dann holte er sogleich eine Flasche peruanischen Pisco aus dem Regal, schenkte ein, und wir tranken auf alles, was einen Trinkspruch wert ist, und da gibt es eine Menge Dinge.

Das Essen? Na ja, Steaks und Blutwürstchen, von einer *Negra* in der Küche zubereitet, dazu öliger Salat und als Nachtisch süße Quittenpaste mit Käse. Ist nicht jedermanns Sache, aber dafür war der Malbec hervorragend.

- Müde?, fragte Don Emilio, weil mir zweimal das Kinn auf die Brust gefallen war, und als ich nickte, zeigte er auf die Wendeltreppe, legte den Kopf in seine Hand und sagte: - Schlafen Sie gut, Napoleone!

Ich schlief, bis Stella mich am Morgen weckte, und bald darauf schlief sie bei mir, und Don Emilio hatte nichts dagegen. Im Gegenteil: Er machte mich zum Finanz-manager in seinem Reisebüro. Ein netter Job: Büro im Einundzwanzigsten und ein grandioser Ausblick über den La Plata, die Hafenanlagen und den Retiro-Bahnhof.

*****

Meine Arbeit begann wie üblich um acht, aber vorher ging ich meist noch zu Patricia eine Etage höher ins Turmcafé, um zu plaudern und einen Espresso zu trinken. Patricia war eine hübsche Peruanerin, Mädchen für alles und ohne Arbeitserlaubnis, die hauste da oben hinter der Abstellterrasse in einem Verschlag, trotzdem immer gutgelaunt, aufgeschlossen und vielseitig interessiert.

Was ich von Hermann Hesse hielt, wollte sie wieder einmal von mir wissen.

- Hermann Hesse, ein guter Mann, sagte ich. - Da war doch die Geschichte, wo jemand seine Seele dem Teufel verpfändet.

- Nein, Patricia schüttelte den Kopf und lächelte, - das verwechseln Sie mit Goethes Faust, aber ich meinte sein Buch über die indische Weisheitslehre. Überdies hat er auch gemalt, großartige Aquarelle wie das Bild von den violetten Stockrosen, kennen Sie das?

Das kannte ich nicht, dafür hatten meine Eltern dieses Malvenzeugs *en masse* hinter ihrem Gartenzaun, ziemlich hoch und immer schön anzusehen.

Ein paar Wochen danach — wir hatten es immer wieder aufgeschoben: das unvermeidliche Sightseeing-Programm mit Stella als Führerin: der Obelisk, das rosafarbene Präsidentenpalast, das Kongressgebäude und in den Parks Tango tanzende Tattergreise und Mütterchen. Früher oder später gelangst du auch zu einem Riesentempel mit Freitreppe und vierzehn griechischen Säulen und du reibst dir ungläubig die Augen, und Stella lächelt stolz und sagt: - *Mi Facultad*, weil sie ja jetzt Jura studiert.

Wir gehen hinein und ... oh Wunder! Alles Marmor, Marmor über Marmor, und an den Wänden Transparente und Spruchbänder, die zum Kampf aufrufen: gegen die Yankees, die Briten, die Europäer, die Hedgefonds, gegen jedermann. Und da hängt noch, gleich neben Marx, eine übergroße Ikone: ein langhaariger bärtiger Heiliger, nachdenklich seine Pose und rot sein Barett, und Stella blickt ehrfürchtig zu ihm auf und fragt: - Guevara, was hältst du von ihm?

- Von Che? Ich überlege einen Augenblick. - Ein sadistischer Dreckskerl und Massenmörder und obendrein ein ökonomischer Analphabet.

Eine Gotteslästerung, ich hätte es wissen müssen. Vier Säulenheilige am La Plata, einer erhabener als der andere, und den, der alle überragte, hatte ich angepisst, ohne Vorwarnung.

Kaum ausgesprochen, hatte ich meinen Spruch schon bereut. Stella brauchte ein paar Sekunden länger, ehe sie begriffen hatte. Sie blieb jählings stehen, begann wie eine Furie zu kreischen und mir mit ihren Nägeln das Gesicht zu zerkratzen, und als ich sie losgemacht hatte, warf sie sich auf den Boden, presste ihr Gesicht in die Arme und weinte leise vor sich hin. Ich hatte ihren Messias geschändet, ihr Weltbild aus den Fugen gerissen.

Ich versuchte es mit Tröstungen, Liebkosungen und Küssen auf den Hinterkopf.

Funktioniert unter Garantie, außer bei Sakrilegen. So ging ich hinaus, legte mich auf eine Bank und wartete auf die Zeit, die Heilerin aller Wunden.

Als es Morgen wurde und der Wind Regen vom Rio Paraná herüberbrachte, stand ich auf und fuhr nach Haus, mit dem Dreiundneunziger oder Siebzehner – ich weiß nicht mehr genau.

Die Eingangstür – kein Problem, Don Emilio hatte mir beim Einzug einen Schlüssel gegeben. Aber dann fand ich, direkt neben der Lifttür, einen Stapel Klamotten, die mir bekannt vorkamen: zwei braune Lederkoffer, eine Reisetasche, einen Bordcase, und, lieblos zusammen-geknüllt, meinen grauen Bürodress mit einem Brief in der Brusttasche. *Hola Rob!*, hieß es da. *Ich habe es schon lange geahnt, und seit heute weiß ich es sicher: Wir passen nicht zusammen, nicht seelisch, nicht weltanschaulich und auch im Bett nicht. Tut mir leid!*

Seitdem ich studiere, sehe ich klarer, nicht zuletzt weil Ramón und die anderen Compañeros mich aufgeklärt haben. A propósito Ramón: Mit ihm bin ich nun zusammen und ich weiß, er ist der Richtige. Deshalb solltest Du ausziehen, am besten ins El Hidalgo in der Calle Sánchez de Bustamante. Da kannst du bis zu deinem Rückflug umsonst wohnen. Chau Stella

Das war's dann wohl! *Adios, Pampa mía!* Alles für die Katz: Stella und Don Emilio, Doktor Goldmann und seine Bank, eigentlich das ganze Leben – sinnlos wie in eine Bassgeige pinkeln.

Und so ließ ich meinen Krempel stehen und ging.

*****

Draußen hinter dem Eingangsdach hatte sich der Regen auf die Lauer gelegt und wartete. Egal, weil mir der Regen gleichgültig war.

Lange bin ich gegangen, durch Straßen, die ich nie gesehen und über Plätze, die ich nie betreten hatte, aber dann erschien der neue Tag und ich hörte am Retiro-Bahnhof die große Uhr schlagen, fünfmal oder sechsmal, ich weiß nicht mehr.

Und da war auch die große *Avenida*, das Postgebäude und gegenüber das Hochhaus mit dem Café ganz oben, Etage zweiundzwanzig.

Ein Lift? Noch nicht um diese Zeit. Aber es gab eine Treppe, direkt neben dem Aufzug. Dreihundert-fünfundachtzig Stufen hatte ich gezählt, als ich einmal zu Fuß gehen musste, dreihundertfünfundachtzig Stufen, nicht zu viel für einen, der in den Himmel will, weil die Erde absurd und verrückt geworden ist.

Irgendwann bin ich oben angekommen, mühelos, denn ich war schon immer ein exzellenter Treppensteiger. Das Café hatte noch geschlossen, aber die Abstellterrasse war geöffnet, und ich sah Patricia mit den Wasserkästen hantieren. Sie hatte sie übereinandergestellt, stand oben drauf und schickte sich an zu springen.

- Wohin?, rief ich entsetzt.
- Zum Himmel, wo's schön ist, wohin sonst?

- Der Himmel, eine gute Idee, sagte ich. - Ich komme mit, aber besser mit einem Flieger, und dann fliegen wir zusammen zu Hermann Hesse und seinen Stockrosen am Gartenzaun.

- Zusammen, ist das Ihr Ernst? Sie schaute mich ungläubig an.

- Ist mein Ernst, sagte ich, - wir fliegen beide, du und ich. Ich schwöre es.

Sie legte den Kopf zurück, schloss ihre Augen und sinnierte. Da habe ich sie in die Arme genommen, und sie war so leicht wie ein Rehkitz, aber schön und anmutig, die Erde wunderbar und Doktor Goldmann ein liebenswerter alter Knautschkopf.

- Also abgemacht?, fragte ich.

- *Macanudo*, sagte sie schließlich und nickte, ich bin dabei.

Ein Riesenweib mit Stachelkeule

Stell dir vor eine Sommernacht und du fährst allein im Auto durch die Flussallee, die ausgestorben ist um diese Zeit. Nur hinten siehst du die Zwanziger-Tram hell erleuchtet und gespenstisch leer mit sieben Waggons im Schlepp über die Brücke fahren, darüber einen weißen Mond und unter der Brücke einen Flussschiffer, der ins Wasser pinkelt – alles in allem eine Idylle zum Genießen.

Und plötzlich überholt dich ein dunkler Citroen in rasendem Tempo, stellt sich quer und bremst dich aus. Und es sind drei, die aus dem Auto steigen: Zwei Mittelgewichtler mit flachen Nasen, etwas zu klein geratenen Bowlerhüten auf den kahlgeschorenen Köpfen und ziemlich viel Muskeln unter dem T-Shirt sowie ein Riesenweib der Art, wie sie früher in Berghöhlen wohnten: hünenhaft, mit zotteligen über die Schultern hängenden Haaren und einem mächtigen Hintern in ihrer Hose. Es fehlte nur noch das Wolfsfell um die Schulter und die Stachelkeule in der Hand.

Langsam kommt sie näher, das Weibsstück. Ich soll die beschissene Tür aufmachen, brüllt sie, und ich brülle zurück, einen Scheißdreck werde ich tun, und sie soll ihren fetten Hintern zur Seite bewegen und mich weiterfahren lassen.

- Mach auf, du Arschloch, schreit sie wieder und macht mit der Hand eine Drehbewegung, und die beiden

Boxertypen sind auch schon da, treten gegen die Tür und fluchen in einer unbekannten Sprache.

Ich schüttele den Kopf und meine Augen suchen einen Totschläger, Revolver, Elektroschocker oder so etwas, aber da liegen nur ein paar zerrissene Straßenkarten, ein Exemplar von *Men's Health* des Vorjahres und ein Paket frisch gebügelter Oberhemden von Mister Chang – alles ziemlich unbrauchbar für eine angemessene Verteidigung.

- Zum letzten Mal: Mach auf, du Drecksack!, höre ich, und als ich keine Anstalten machte, beugt sie sich herunter, fasst den Wagen dort, wo frühere Modelle ein Trittbrett hatten, und macht sich daran, mein Auto anzuheben und umzuwerfen, den schweren Zastava, der bisher jeder Hebebühne Probleme bereitet hatte.

Unmöglich, werden Sie sagen, sogar der Kraftmensch Lino Ventura hat es damals im Film nicht geschafft, und das war nur ein kümmerlicher Zwei CV.

Sie hätte es geschafft, dieses Miststück mit Doppelkinn, aber plötzlich stoppt ein morgendlicher Leichenwagen des Bestattungshauses *Himmelsfrieden* neben uns und ein Kerl mit schwarzer Schirmmütze dreht das Fenster herunter.

- Alles in Ordnung?

- Alles korrekt, Meister, sagt die Scharteke und lässt von mir ab, um ihre heruntergerutschte Hose wieder hoch über die feisten Hüften zu ziehen, und die beiden anderen Typen nicken und wiederholen wie aus einem Mund: - Alles korrekt, Meister.

Der Herr ist dein Hirte, hatte der Pope in der Messe gesagt, *und er wird dich nicht verlassen*. Und immer schickt er, das war meine Erfahrung, Schutzengel: vielleicht die blau-uniformierten Männer vom 16. Kommissariat mit ihren Helmen, die Jungs von der Unfallhilfe oder die harten Burschen von der Berufsfeuerwehr, doch ein Leichenwagen mit einem Deppen am Steuer, das war jenseits meiner Vorstellung.

Aber egal! Während die drei noch draußen herum-machten, startete ich, setzte das Auto ein paar Schritte zurück und raste los so schnell ich konnte: den Gehweg hoch, durch die Tulpenrabatten und dann weiter durch die Grünanlage, vorbei an den neu aufgestellten Bronzeskulpturen: einem einäugigen Greis mit Riesen-phallus, einem sitzenden Frosch, einem Kämpfer mit Speer, einem lüsternen Faun und einem sonderbaren gehörnten Pferdekopf, wobei ich mich für die Reihenfolge nicht verbürgen kann.

Hinten an der Normaluhr erreichte ich wieder die Uferallee, aber als ich einbiegen wollte, standen sie auch schon da: alle drei, die beiden Strolche mit dem Bowler und die Riesenschlampe in ihrer rosa Jogginghose, die hatte zwar keine Keule, dafür aber eine Art Spaltaxt in der Hand. Ihr Auto hatten sie so hingestellt, dass es für mich wegen der Blumenkübel kein Durchkommen gab.

- Hört zu, Kameraden, sagte ich und versuchte, die Tür halbwegs geschlossen zu halten, - das ist ein Irrtum, ein gewaltiges Missverständnis, müsst ihr wissen, und wenn ich euch vorhin abgedrängt oder geschnitten haben sollte

..., Schwamm drüber, es tut mir leid, aber der rote Mond über dem Fluss, die leere Trambahn auf der Brücke ..., hat mich abgelenkt, diese Idylle. Sorry!

- Steig aus, Schwuchtel!, sagte die Schlampe. - Steig aus oder ich schreddere deine Karre und dich gleich mit, und damit hob sie die Axt über den Kopf, zweihändig, wie eine Hantel beim Powerlifting, und die beiden Typen griffen in den Türspalt und rissen die Tür auf wie nichts, und das Riesenweib packte mich am Sakkorevers, hob mich heraus und wuchtete mich auf die Motorhaube, und die beiden Typen walkten mich durch, was das Zeug hielt: Kopf, Brust, Bauch und sogar die edleren Körperteile, und am Schluss spuckten sie mich noch an, und ich war froh, dass sie nicht noch auf mich herunter pinkelten.

Da lag ich nun im Dreck neben meinem demolierten Kombiwagen und überlegte, ob ich noch lebte oder schon hinüber war. Alles um mich herum erschien diffus und wie in weißes Licht getaucht, und es fehlte nur noch ein Engel mit seinen großen Schwingen, das Blasen der Trompeten von Jericho und der heilige Petrus auf einem weißen Kamel. Stattdessen erschien ein besoffener Wermutbruder mit Kapuze, Augenklappe und langem weißen Bart

- Hast' 'ne Zigarette, Kollege?

- Aber sicher, habe ich, ich nickte freudig erregt, - Marlboro, schwarze Gitanes, Gauloises, alles, was dein Herz begehrt, du musst mir nur etwas auf die Beine helfen. Ich streckte ihm die Hand hin.

- Oh Mann, sagte der Typ, - du blutest wie ein Schwein, habe noch nie jemand gesehen mit so einer zermantschten Fresse. Wie ist das gekommen?

- Werd' ich dir erzählen, sagte ich, - aber zuerst rennst du los und rufst die Jungs von der Unfallhilfe an, bevor ich hier auf dem Pflaster verrecke.

Die Johanniter waren da, verdammt schnell, noch ehe ich die Zigaretten im Handschuhfach gefunden hatte: eine hübsche Blondine in roter Weste mit der Aufschrift *Unfallärztin* und ein junger Türke, der Mahmut hieß oder Osman, und in Nullkommanichts hatten sie mich in der Notaufnahme des Hafenhospitals, vorbei an schätzungsweise vierzig Mitgliedern einer Großfamilie, die sich auf einer Hochzeitsfeier in die Wolle gekriegt und eine Menge Federn gelassen hatten.

Röntgenmaschine, Ultraschall und ein Dutzend weitere Verfahren fortschrittlicher Krankenhaustechnik – ich ließ sie alle über mich ergehen, ich hatte keine Wahl. Einmal versuchte ich, aus so einer Maschine auszusteigen, aber da waren auch schon zwei stramme Pfleger, die mich durch sanften Druck wieder hineinbeförderten.

Sie brachten mich ins Krankenzimmer 999 im 9. Stock, ganz oben, von wo man einen Blick über den Containerhafen und die Krananlagen hatte. Als sie mich hineinfuhren, saß mein Zimmernachbar halbnackt mit einigen Schläuchen an der Brust auf seinem Bett, ein

furchterregender Typ, ähnlich diesem Schwergewichts-
boxer, der seinen Gegnern die Ohren abzubeißen pflegte.
Besonders beeindruckend war seine Ganzkörper-
tätowierung: Ein Zombie im Gesicht, auf dem glatt-
rasierten Kopf das Motiv einer offenen Schädeldecke, ein
grüner neunköpfiger Drache am Hals, bunte Tribals auf
den Unterarmen, Masken auf den Händen, Samoa-
Ornamente auf den Beinen und auf dem Rücken eine
verwesende Leiche und die Worte *Hatred* und *Kill*.

Ich schreckte zurück. Nicht viel hätte gefehlt und ich
wäre umgekehrt und hätte mich ganz unten im
Leichenkeller versteckt. Aber das ging nicht, weil sie mich
an meinem Krankenbett festgezurrt hatten.

Der Kerl sah mein Entsetzen, schnitt eine Fratze mit
seinem Zombiegesicht und lachte schrill, aber doch
irgendwie menschlich.

- Keine Angst, Bro!, sagte er, - ich werde dich nicht
beißen, und küssen schon gar nicht, und wenn du auf
Sicherheitsabstand bestehst, kein Problem, nix ist ein
Problem, weil ich liebenswürdig wie ein Butler aus
Savannah bin.

Er nannte sich Maik, aber in Wirklichkeit hieß er Vicomte
Delacroix, wie ich auf seinem Krankenblatt gelesen hatte,
und war Road Captain eines Rocker Clubs, und wenn er
nicht im Krankenhaus lag, dann war er Türsteher,
Geldeintreiber oder Security-Mann.

- Sieht aus, als hätte dir jemand ganz schön die Schnauze

poliert, sagte er und schaute sich mitfühlend meine Bandagen an. - Schlimm, ganz schlimm. Falls du Probleme hast mit irgendwelchen Typen, sag Bescheid, ich kann das regeln für einen Kumpel, ist Ehrensache.

- Ich komm drauf zurück, sagte ich, - und ich werd' mich revanchieren, wenn ich raus bin.

Lumi, das kleine Flittchen aus Brasilien, war mein erster Besuch, zimtfarben die Haut und schwarz das Haar. Ich hatte ihr vor einiger Zeit bei einer Aufenthaltsgeschichte geholfen und sie hatte sich mir erkenntlich gezeigt, oft genug. Sie arbeitete recht erfolgreich in einer Nachtbar mit Séparée und schickte jeden Monat einen Tausender nach Olinda für ihre habgierige Mischpoke.

Als sie durch die Tür kam – keckes Näschen, Arschmanschette und Plateau-High-Heel-Over-Knee-Stiefel – da musste ich erst mal durchatmen, und den beiden Jungs von der Essensausgabe fiel vor Erregung der Brotkorb auf den Boden.

- Mein armer Liebling!

Sie küsste mich, wo es noch eine freie Stelle an meinem Kopf gab, und schenkte mir eine rote extragroße Baccara-Rose und zwei wunderbar süß duftende Pfirsiche, und dann umarmte sie mich mit brasilianischer Leidenschaft, so dass mein Brustbein wieder zu schmerzen begann.

- Nimm Platz!, sagte ich, während ihr Maik einen Stuhl hinschob, - das ist ja eine Überraschung!

- Woher weißt du …, ich meine, das steht ja noch nicht in der Zeitung.

- Ich kenne eine Menge Leute. Sie lächelte vielsagend.

- Soll ich dich füttern?

- Ist schon gut. Ich schüttelte den Kopf, so gut es ging. - Das Essen ist übel, da müsstest du mir schon die Nase und die Augen zuhalten, erzähl mir lieber, wie das Geschäft läuft, jetzt in den Ferien. Ist ja keiner da, alles ausgeflogen, sogar hier im Spital arbeiten sie nur noch mit halber Besetzung, und wenn es blöd läuft, dann muss schon mal der Ohrenarzt den Vaginologen vertreten oder umgekehrt.

- Das Geschäft …, sie überlegte: *fraco*. Alle meine Klienten sind auf Mallorca, mit Frau und Kind, darum mache ich jetzt den Führerschein und kaufe mir ein Auto, einen Japaner, die sind die besten.

- Gute Idee mit dem Führerschein! Wie viele Fahrstunden hast du schon?

- Dreißig oder vierzig, sie überlegte.

- Das Rückwärtsfahren ist schwer, andauernd hat er die Hand auf meinem Knie, dieser Fahrlehrer mit dem Glupschauge.

- Man kann's ihm nicht verübeln, sagte ich. - Was ich damit sagen will: Du hast hübsche Knie, besonders das rechte, und wenn ihm da mal die Hand ausrutscht …

- Ok, meinte sie, - versteh ich gut, aber nicht beim Rückwärtsfahren, das irritiert.

Wir hätten noch weitergequatscht, aber dann klopfte es wieder, dieses schüchterne Besucherklopfen, und Lumi stand auf und ging, um den Stuhl frei zu machen. Das musste man ihr lassen: Sie hatte Taktgefühl, die Kleine, eine ganze Menge sogar, ich meine, sie wusste immer, was sich gehört.

Vielleicht würde sie noch jetzt an meinem Bett sitzen, wäre nicht Maria erschienen, Maria, die Heißblütige, meine Freundin seit fünf Jahren. Sie blieb in der Tür stehen und musterte Lumi mit einem Blick voller Verachtung, Hass, Eifersucht und Neid, einem Blick, der jeden auf der Stelle getötet hätte. Jeden, mit Ausnahme von Lumi, die war immun, die war solche Blicke gewohnt, die hatte schon andere Sachen weggesteckt.

- Jetzt verstehe ich, sagte Maria mit kalter Stimme. - Ich habe es ja immer gewusst, du verdammter Hurenbock. Schade, dass sie dich nicht umgebracht haben gestern Nacht. Hol dich der Teufel, du Strolch!

Und ehe ich ein Wort gesagt hatte, schlug sie mir ihre Einkaufstasche samt Inhalt um die Ohren: Rosen, Astern, Chrysanthemen, all dieses Zeugs, und die heiße Hühnersuppe nicht zu vergessen.

Es war eine rachsüchtige Furie, dieses Weib, eine, die niemand aufhalten konnte, und ich wusste: Als nächstes würde sie die Vase aus Bleikristall ergreifen und mir über den Schädel schlagen, dann laut schreiend mit dem Lift in den 12. Stock fahren und von der Dachterrasse zum *Base jump* ansetzen – ohne Helm und Schirm. Und niemand würde sie zurückhalten können. Aber das tat sie nicht. Sie drehte sich um und verschwand ganz einfach aus meinem Leben. Ich habe sie nie wieder gesehen.

Dass es langweilig ist im Krankenhaus, ist, wie man sieht, ein Gerücht. Im Gegenteil, es ist gesellig wie in einem Swingerclub und sehr familiär, aber die philippinischen Schwestern – kannst du vergessen!

Ich hatte den Film Krankenschwesternreport Teil 2 in Erinnerung und war etwas enttäuscht, wie Charlie Brown. Der hatte sich einen Fußball gewünscht, und was schenkte ihm seine Patin? Ein Paar Wollsocken, hand-gestrickt.

Nach fünf Tagen entließen sie mich und Maik. Man versuchte noch, mich länger festzuhalten, solange, bis es einen Nachfolger für mein Bett gab, aber ich spielte nicht mit und machte mich davon, kurz nachdem die Visite vorüber war.

*****

Es war ein schöner Tag, nicht zu heiß und nicht zu kalt, und am Himmel zog ein Schwarm Kraniche laut trompetend in langen Ketten gen Süden. Als ich die Abkürzung über den alten Friedhof nahm, kam ich ins Grübeln.

Verdammt gut geht es dir, Alter, sagte ich zu mir selbst, Kopf, Bauch und so weiter – alles wunderbar, könnte gar nicht besser sein. Und im Vergleich dazu hier, direkt unter deinen Füßen, die Kriegshelden von Verdun, Ypern, Cléry und Dunpierre, junge Burschen mit Milchbart, noch keine zwanzig, nix gehabt im Leben, nur Dreck, Granatsplitter und Gas.

Ich habe dich nie kennengelernt, Leutnant Kalupka, aber trotzdem denk ich an dich da oben, und wenn du zufällig diesen verblödeten Typen mit dem Zwirbelbart und dem kurzen Arm triffst (so einer, der permanent Holz hackt, unter Garantie nicht zu übersehen), ja wenn du ihn triffst, dann tritt ihm in den Hintern und bestelle ihm, dass er noch einen Tritt gut hat von mir.

Aber noch bin ich hier, um die Seele zu durchlüften. Gleich einen Latte Macchiato bei Roberto trinken und in der Sonne abhängen und dann wieder mal Lumi anrufen, falls sie nicht ausgeflogen ist, die Kleine, und jetzt mitmacht beim Sambazug in Rio, halbnackt, mit Goldfarbe auf den Titten und einer Pfauenfeder im Hintern.

Oder ich geh' essen, mit Chucho, meinem *Amigo*, hab mich schon lange nicht mehr gemeldet bei ihm, weil ich wie besessen japanische Frühlingsgedichte geschrieben habe, und jeder Poet weiß: Wenn man so was im Kopf hat, dann ist kein Platz für Telefonnummern, blöde Witze, Weibergeschichten und Fußball.

Ja, das Leben ist schön, wundervoll – bis auf …

Was ist das? Alles Hundescheiße hier am Ausgang, und ich bin doch tatsächlich reingetreten mit meiner Profilsohle, voll rein in die Scheiße. Soll Glück bringen, sagt man. Schwachsinn! Von wegen Glück! Stinkt wie … ich weiß nicht, auf jeden Fall schlimmer als Katzenkot, der ist schon fies genug, oder Hühnerscheiße, auch nicht zu verachten. Am liebsten ich lasse die Schuhe hier und gehe in Strümpfen weiter, aber das sieht blöd aus auf Robertos Terrasse, besonders wenn man löchrige Socken hat.

Verdammte Köter, will sagen, verdammte Hundehalter! Die haben Schuld, sind zu bequem, die Haufen ihrer Viecher wegzumachen. Typisch deutsch! Jeder darf alles, und das soll Demokratie sein? Ein Dreck ist das, kann man gut drauf verzichten!

Zehn Jahre jünger und ich würde in die Schweiz auswandern, nach Zürich, Luzern, Sankt Gallen oder Küssnacht. Da herrschen Zucht und Ordnung, kackende Köter werden kastriert, bei Sonnenuntergang sitzen die Eidgenossen in Lederhosen auf den Bergen und blasen das Alphorn, dass es eine Freude ist, und die Sennerin hockt daneben: blonde Zöpfe, eng geschnürt das Mieder, pralle Brüste in der Bluse und wenig genug unter dem Dirndl.

Aber erst mal schauen, wo mein Wagen ist. Geklaut? Verdammte Bande, aber ein rumänisches Auto klaut doch keiner, nicht mal bei offener Tür und wenn der Schlüssel steckt. Also dann abgeschleppt, die lassen ja alles abschleppen, was sich bewegen lässt.

Wohin? Gwd, ganz weit draußen bei der Müllverbrennung, sagt eine Bullin und schüttelt ihr blondes Haar, und ich soll schon mal was Geld holen aus der *Cash Machine*, denn das wird teuer: Abschleppkosten, Parkgebühr für fünf Tage und die Strafe, muss ja alles seine Ordnung haben.

So, und jetzt ab zum Abstellplatz, mit dem Taxi natürlich, wie denn sonst. Nett, der Fahrer, spielt türkischen Pop im Radio und schaut jedem Weiberrock hinterher. Sein gutes Recht, Anschauen kostet nichts. Und da wär'n wir schon, schade, hätte gerne noch etwas anatolischen Rock gehört, aber die Uhr läuft.

- Hier, Mehmet, nehmen Sie, den Rest können Sie behalten, und dann wollen wir mal Besiktas die Daumen drücken heute Abend oder sind Sie Fan von Galatasaray? Ach so, Fenerbahce. Sind auch gut, die Jungs, leider drei Spiele hintereinander verloren. Macht nichts, die kommen wieder.

So und nun mal sehen, wieviel die Gauner von der Schlepperfirma verlangen. Pah!

Nochmal zweihundertdreizehn, schönes Geld. Da darfst du nicht verprügelt werden in diesem Land, da kannst du dich gleich aufhängen. Aber wir wollen auch nicht übertreiben! Was sind zweihundertdreizehn Euro? Ein Nichts, wenn ich an den Leutnant – wie hieß er noch? – Leutnant Kalupka da auf dem Heldenfriedhof denke. Was hätte der gegeben, wenn er nochmal wieder …, und vor allem wie hätte der geguckt:

Jeder Blödmann mit einem Telefon in der Hand und so einem Stöpsel im Ohr, starr blickende, goldfarbene Living Dolls, bewegungslos auf einem Podest, knatternde Helikopter, Exoten, Parkhäuser, Skateboards, *Rollerblades* und all dieses Zeugs und aus den Lautsprechern *Lady Gaga*. Nee, das wäre ihm unter Garantie gegen den Strich gegangen, aber das Spaghetti-Eis beim Italiener, das hätte ihm gefallen.

Ich zahlte an den Abschlepptypen hinter der Scheibe, bekam eine grüne Quittung mit zwei Stempeln, klemmte mich hinter den Lenker und fuhr los: einfach so, hinein in den Tag, und wenn ich CDs gehabt hätte: Ich hätte *Frühlingsrauschen* gespielt. Stattdessen schrieb ich ein schönes Haiku: *Heldenfriedhof hier, Kot unter meinen Füßen, suchte Frühling ich.*

*****

In der Ringstraße kam ich an einem Laden vorbei, wo sie schon ab zehn Uhr Tabledancing und ähnliche Schweinereien zeigen. Der Schuppen gehörte László, einem ungarischen Mandanten, der aussah, wie man sich immer einen Puszta-Magyaren vorstellt: korpulent und mit einem riesigen schwarzen Walrossbart in seinem runden Gesicht, so wie ein *Csikós* in der Puszta. Es fehlten eigentlich nur noch der breitkrempige Hirtenhut und die Reitpeitsche, aber ich bin sicher, die hatte er

94

irgendwo zu Hause abgelegt.

László hieß Schweissthal mit Familiennamen, wenn es Sie interessiert. Komischer Name, werden Sie sagen. Fand ich auch. Deshalb hatte ich nachgeforscht und herausgefunden, dass seine Familie das W erst relativ spät von Maria Theresia erhalten hatte: als Anerkennung für besondere Verdienste und an Stelle eines Baronats, auf das sie eigentlich einen Anspruch gehabt hätte.

Heute Morgen hatte László zwei Tänzerinnen an der Stange, das konnte man schon von draußen gut erkennen, weil er sie mit ihren lasziven Bewegungen als Schattenbilder auf eine weiße Leinwand in seinem Schaufenster projizieren ließ.

Ich ging hinein, setzte mich an die Bar, bestellte einen *Caipiroska* und schaute mir die beiden an: langes Haar bis zum Hintern, die eine blond, die andere schwarz, hauteng Brasil-Slips und aufregend hohe Absätze, eigentlich nur für Akrobatinnen geeignet.

Irgendwie kamen sie mir bekannt vor, die zwei, und dann fiel mir ein, dass sie kürzlich neben mir im Flieger gesessen hatten, auf dem Flug von Budapest nach Wien. Wir hatten ein angeregtes Gespräch gehabt – über Hunderassen, norwegische Waldkatzen sowie das Rezept für Kürbisgemüse – und in Schwechat unsere Adressen ausgetauscht, weil man das so tut, wenn man sich nett unterhalten hat.

Sie tanzten hervorragend heute Morgen, und die Chinamänner aus Shanghai waren ganz aus dem Häuschen und tranken mit Begeisterung von dem Billigwodka, den László zuvor in eine Flasche der Premium-Marke *Grey Goose* umgefüllt hatte.

- Ich werd' verrückt, sagte die Schwarzhaarige. Sie hatte sich gerade bei mir auf den Schoß gesetzt, und als sie mich am Kinn kraulte, erkannte sie mich wieder. - Hätte nicht gedacht, dass man sich so schnell wiedertrifft.

- Man trifft sich immer zweimal im Leben, sagte ich, - so steht es im Talmud.

- Vielleicht auch dreimal, warten wir's ab, meinte sie, stand auf und stöckelte zu einem der Chinamänner, um auf seinem Schoß mit dem Kraulspiel fortzufahren. Irgendwann erschien auch László, schwarzes Hemd und gelbe Krawatte, mit einer Flasche Edelsprit in der Hand.

- Für Sie nur das Allerbeste, Herr Doktor, sagte er, - die Flasche für dreihundertfünfzig.

Und dann tranken wir ein paar Gläser zusammen und er jammerte herum, dass sie ihn erpressten, irgendeine Russki-Mafia aus Omsk oder Tomsk, ich erinnere mich nicht mehr so genau, und ob ich eine Idee hätte, aber nicht wieder so eine Unterlassungsverfügung vom Amtsgericht, fünfhundert Strafe für jeden von ihnen, der durch die Tür kommt. Da lachten sie sich ja krank, die Brüder. Er nahm eine Serviette und begann ungeduldig an einem Fleck auf seinem gelben Schlips herumzureiben.

- Klar, dass ich eine Idee habe, sagte ich, - sogar zwei. Da ist ein ein veritabler Marquis, ein harter Bursche, voll tätowiert, Rausschmeißerprofi und Inkassoexperte, ein

Typ mit zwölf Vornamen. Wollen Sie die hören?

Er wollte nicht, aber er wollte wissen, wo ich ihn herhätte, diesen Blaublüter.

- Ein Gesangsbruder, sagte ich. - Wir singen zusammen in der bulgarischen Kirchengemeinde, altslawischer A-cappella-Chor, wenn Sie verstehen.

- Interessant! Er war baff. - Und Sie glauben, dass er mit dieser Russki-Bande fertig wird?

- Der Mann ist gut, sagte ich, - der könnte direkt bei den Catchern auftreten, gegen den Teufel persönlich. Ihn ansehen und weglaufen sind eins. Sicher schafft der ein paar Wodka saufende Strolche aus Omsk. Versuchen Sie es einfach. Ich werde nachfragen, ob er noch einen Termin frei hat im Kalender.

- Hab' ich doch gleich gewusst, dass man sich auf Sie verlassen kann.

László umarmte mich und hätte mich glatt abgeküsst, wenn ich mich nicht instinktiv abgewandt hätte, weil er mich mit seinem Schnauzer an meinen Großvater erinnerte, den mütterlicherseits meine ich, und der stank immer wie ein Kosak aus der Tasche.

- Wenn es klappt, fuhr László fort: - Es soll Ihr Schaden nicht sein. In meinen Laden können Sie immer kommen, geht alles aufs Haus, selbstredend, und wenn Sie eine von den Girls wollen, auch kein Problem, ich kann es regeln.

- Sehr nett, sagte ich, - ich weiß es zu schätzen, Ihr Angebot. Ich werde darauf zurückkommen, aber im

Moment habe ich kein Interesse an Gogo-Miezen, nicht auf dem Tisch, nicht an der Stange und auf dem Schoß schon gar nicht. Muss irgendwie mit dem Wetter zusammenhängen.

*****

Die Kleine stand an der Auffahrt zur A3: schlank, blond, Pferdeschwanz und ein keckes Näschen, und neben ihr ein brauner Koffer, Kunstleder verstärkt mit Stoßecken. Klar, dass ich stoppte. Das habe ich mir zum Prinzip gemacht bei Frauen, obwohl man manchmal böse Überraschungen erleben kann, wenn plötzlich ihr bärtiger Typ aus dem Gebüsch springt, grinst und sich mir nichts, dir nichts, dazusetzt.

Aber die Kleine war allein, unverkennbar. Sie stand einfach da und machte ein unglückliches Gesichtchen, so als hätte ihr gerade ihr Typ den Abschied gegeben.

- Wo willst du hin, schönes Kind? Ich stoppte und drehte das Fenster runter.

- Nach Ungarn, Tatabánya, sagte sie mit einer Selbstverständlichkeit, als sei es nur so eben um die Ecke.

- Tatabánya, kenn ich, sagte ich. - Das ist doch das Nest, wo die Leute immer in roten Trainingsanzügen rumlaufen, und jeder hat einen Köter. Ja, ja, ich würde sagen, das ist ein ziemlich übles Kaff, ich würde sagen, das ist genau so mies wie Castrop hier um die Ecke, ich würde sagen, da fährt man nicht hin, wenn man nicht muss, und wenn man da ist, dann macht man die Augen zu und schleicht sich schnell wieder fort. Nein, nein! Ich fahre nicht nach Tatabánya, ich war einmal im Leben da und das genügt, ich fahre nur in der Gegend rum, schaue aus dem Fenster, höre neapolitanische *Canzoni* im Autoradio und dichte. Und nachher fahre ich zu einem Italiener auf einen Kaffee. Willst du mitkommen?

Sie wollte, und so landeten wir endlich bei Roberto unten am Fluss, und wir setzten uns unter einen großen Sonnenschirm, weil es mich krank macht, wenn mir die Sonne voll ins Gesicht knallt, besonders die Sonntagsnachmittagssonne, die ist penetrant.

Ich trank einen *Latte* mit Karamell und die Kleine einen Cappuccino mit Nuss- und Vanillearoma, und Roberto spendierte dazu einen Grappa, aber nicht das fiese Zeug, das einem den Schlund verbrennt, sondern den aus seinem persönlichen Privatflakon, ganz oben links in der Ecke, wo man nur mit der Trittleiter rankommt. Als sie das zweite Glas getrunken hatte, begann sie aufzutauen.

Eva, so ihr Name, hatte zwei Jahre an der Kasse in einem ABC-Supermarkt gesessen und eines Tages in einer Frauenzeitschrift eine Chiffre-Kontaktanzeige gefunden: *Deutscher Mann sucht junge Julischka für gemeinsame Unternehmungen* oder so ähnlich.

Und sie hatte geantwortet: *My personality is happy, I see the beauty and harmony in all things and I like adventures, I enjoy having fun and I am like a little sun whenever you meet me.*

Women don't like me, perhaps because I am so sexy. Family is number 1 for me, but Lamborghini Rosso Ferrari is my dream. Und so weiter und so weiter. Das hatte ihr eine Freundin übersetzt.

- Ein hübsches Bild habt ihr von euch gezeichnet, sagte ich und wollte mich wegschmeißen vor Lachen. - Besonders das mit der Sonne und den Abenteuern gefällt mir. Ich würde direkt darauf anspringen, wenn ich einen Lamborghini hätte. Wundert mich, dass du überhaupt bei mir eingestiegen bist.

- Sollte ein Witz sein, meinte sie und lächelte schüchtern, - jedenfalls hat mir sofort einer von hier aus der Gegend geantwortet: *Arzt, sportlich, schlank, im besten Alter und kultiviert*, hat er geschrieben.

- Das musst du deuten, sagte ich. *Arzt* – kann sein, dass er in der Krankenhausküche Brote schmiert, *sportlich* – dass er samstags die Fußballsendung sieht, *im besten Alter*, das kann scheintot heißen und *kultiviert*, dass er mit Messer und Gabel essen kann. Aber wie ist die Geschichte weitergegangen?

- Sehr blöd gelaufen, sagte sie, und es hätte mich nicht gewundert, wenn sie gleich losgeheult hätte. Der Kerl hatte versprochen, sie an ihrem ICE abzuholen, eine grüne Nelke im Knopfloch oder eine rote Rose, aber er hatte sich anders entschieden, er hatte sie sitzenlassen und sie hatte neun Stunden im Wartesaal herumgehangen, eine Cola Light getrunken, und jetzt saß sie neben mir im Auto und schniefte in meine Papiertaschentücher.

Kein Arzt mit Tennisschläger und Landhaus.

Und ein Lamborghini schon gar nicht. Aber ein Foto hatte sie dabei. Sie kramte in ihrem Koffer und reichte es mir herüber. Ein Frauenflüsterer, blond, schlawinerhaft und mit boshaftem Blick, und je länger ich mir sein Bild anschaute, desto sicherer war ich, ihn zu kennen, weil hier in der Gegend jeder jeden kennt, und jeder ist irgendwie mit jedem verwandt, die ganze inzüchtige Bande.

Ihr Typ hieß Josef, wie der aus der Bibel. Der und Arzt! Dreimal durchgefallen durchs Physikum und jetzt verkaufte er Kopfschmerzpillen für eine holländische Pharmafirma. Sportlich? Nix da, er ging einmal im Monat ins *Bolero* kegeln, ein schwarzes T-Shirt mit der Aufschrift *Gestört, aber geil* über den Wamst gezogen, und wenn er gewonnen hatte, trank er viel Bier, und wenn er verlor – noch mehr.

Und sein Aussehen? Besser nicht davon zu reden! Ein haarloser Fettsack mit Froschaugen und einer schlecht vernähten Hasenscharte im Gesicht, so schlecht, dass er beim Reden nuschelte, sagte immer *Hmsches Gleschter* statt *Hämisches Gelächter*. Klar, dafür konnte er nichts, das war die Chirurgin im Benedikt-Krankenhaus, die seine Schnauze versaut hatte, aber dann sollte er auch nicht herumtönen und so tun, als wäre er ein Klon von Mister Germany.

Ja, wenn er wenigstens ein netter Kerl gewesen wäre, sympathisch und witzig, wie ich es bin. Aber Fehlanzeige!

Er war ein Arsch, ein richtig mieser Typ, und das Schönste war: Er war auch noch stolz darauf. Ich hatte mal gehört, wie er sich aufspielte und Sprüche machte, was für ein Weiberheld er wäre und so. Jeden Monat eine neue Mieze, so ein armes unglückliches Ding aus Prag, Bratislava oder Pest und immer große Versprechungen in seinen Briefen: Geld, Liebe, Heirat, Kinder, all das, was man sagt, wenn man schnell zum Schuss kommen will. Und dann, wenn sie ihm nicht zusagte bei der ersten Besichtigung im Wartesaal, dann hatte sie eben Pech gehabt.

- Du kannst bei mir absteigen, sagte ich, - irgendwie wird er dir den Schaden ersetzen müssen, ich werd' es richten.

- Ehrlich? Zwei Alice-in-Wonderland-Augen schauten mich an.

- Ehrlich und ohne Gegenleistung, ich meine, du musst dich nicht groß erkenntlich zeigen, nur die Katze und die Goldfische füttern, wenn ich im Office bin, das genügt.

Da war sie beruhigt, und ich hatte dieses Pfad-findergefühl, das man hat, wenn man eine alte Dame über die Straße geleitet, ihr das Netz mit den Kartoffeln und dem Fallobst getragen oder die Tierrettung wegen der Entenküken im Abflussgully angerufen hat.

Und dann fiel mir ein, dass ich ihn einmal in einer Strafsache vertreten hatte, Josef, den Gauner. Sehr gut sogar hatte ich ihn vertreten, denn er wurde frei-gesprochen, obwohl er schuldig war.

Damals ging es um Sex mit einem sechzehnjährigen Flittchen aus Györ, und sie hätten ihn auch verurteilt, wenn er nicht im letzten Augenblick für fünf Hunderter der Barbie einen Erwachsenenausweis gekauft hätte, mit Foto, Unterschrift, einer Menge Stempeln, und echt, so echt, dass sich die Kleine auf einmal selbst für volljährig hielt.

Zwei Tage danach rief ich ihn an, den heiligen Josef, und bat ihn vorbeizukommen. Als er bei mir auftauchte, sah er noch erbärmlicher aus als damals in seinem Prozess. Seine Basedow-Augen trieften wegen einer Influenza und seine Scharte war rot und mit Rotz verklebt. Unverständlich, dass es seine Bunnies auch nur eine Woche bei ihm ausgehalten und nicht schon beim ersten Zusammentreffen vor Schreck Reißaus genommen hatten. Mussten wohl sehr in Not gewesen sein.

Um einem Händedruck mit seiner weichen Pfote zu entgehen, nahm ich ein Serviertablett und bedeutete ihm durch Kopfnicken, Platz zu nehmen. Kaffee gab's keinen. Wäre ja noch schöner, mein guter Espresso für diesen Baubudenrülpser!

- Sie haben Pech gehabt, mein Lieber, sagte ich. - Die Ausweisgeschichte ist aufgeflogen und jetzt hat man Sie an den Eiern. Der eine Typ von der Druckerei will auspacken.

- Hol's der Henker! Josef erbleichte. - Was, zum Teufel, kann man da machen. Sagen Sie was, Sie sind Anwalt, und die haben doch immer einen Trick auf Lager.

- Zahlen Sie, sagte ich, - das ist die einzige Möglichkeit. Der Drucker will zweitausend, die braucht er für eine Haartransplantation.

- Zweitausend? Ich bin doch nicht blöd! Josef tippte sich mit dem Zeigefinger an die Stirn. - Ich weiß, wie das läuft mit Erpressern, nächste Woche will er fünf, weil er eine neue Leber braucht oder einen größeren Riemen. Die Burschen geben nie Ruhe, wenn sie einen erst einmal in der Hand haben, die lassen nicht locker. Mein Schwager, dieser Fleischhändler aus Brünn, kann Ihnen Sachen erzählen, da gehen Ihnen die Augen über. Nein, genug ist genug, ich gebe keinen *beschissenen* Cent mehr.

- Eine suboptimale Situation, um nicht zu sagen: *beschissen*, meinte ich und setzte ein bekümmertes Gesicht auf. - Dann werden Sie sich wohl oder übel auf einen *be-schissenen* Aufenthalt in einem *beschissenen* Knast einrichten müssen.

Ich meine bei Französisch mit einer Sechzehnjährigen und Anstiftung zur Urkundenfälschung können Sie sich ruhig schon mal auf ein Jahr einrichten oder besser fünfzehn Monate, weil Sie Wiederholungstäter sind, und dann möchte ich wissen, wer Ihren Köter versorgt in der Zeit, wer in Ihrem Pharmabezirk die Potenzpillen vertreibt und wer die Hypothek bezahlt. Ich meine, Sie sollten das Angebot noch mal überschlafen, sowas ist immer gut, meine ich.

- Überschlafen? Einen Scheißdreck werde ich tun, brüllte er, und seine Froschaugen drohten zu zerplatzen, aber am nächsten Morgen brachte er zweitausend ziemlich kleinlaut vorbei, mit einem Gesicht, als hätte er soeben seine Seele zu Grabe getragen, und wenn man genau hinsah, dann konnte man so etwas wie Tränen in seinen Augen erkennen, aber vielleicht waren es auch Regentropfen.

Egal, was es war: Jedenfalls war es eine schöne Entschädigung für Eva, genug für ein Wetlook-Minikleid aus dunklem Lackleder, zwei Paar rote Schuhe mit Riemchen, reichlich große Ohrringe aus vergoldetem Sterling-Silber und eine nette Brustvergrößerung bei einem iranischen Doktor zum Selbstkostenpreis. Störte mich nicht, sollte sie doch.

Das war geschafft! Ich setzte mich, holte die Flasche mit dem armenischen Cognac und schlug die Zeitung auf. Zuerst las ich die Sportseite. Heute langweilig und einschläfernd. Dafür unterhaltsam die Polizeichronik. Von einem schwarzen Citroen war die Rede und drei Beifahrern: zwei kahlgeschorenen Typen und einem zotteligen Weibsbild. Der hatte das Brückengeländer durchbrochen, war in den Fluss gestürzt und mit Mann und Maus untergegangen.

Aurora Borealis

Ich habe schon eine Menge erlebt mit eifersüchtigen Weibern, sagte Jo Sjödén, mein Seelendoktor, - aber jemanden mit Benzin übergießen und dann anzünden, einfach so …, da braucht man schon eine Menge perverser Phantasie. Trotzdem: Glück hast du gehabt, dass der Benzinkanister nicht voll war.

- Aber mein linkes Ohr, gab ich zu bedenken.

- Vergiss es, sagte Sjödén, - denk nicht mehr dran. Ist übrigens auch egal. Wie viele Ohren braucht der Mensch? Wo steht geschrieben, dass es immer zwei sein müssen wie bei den Augen, den Hoden und den Nasenlöchern? Nirgendwo! *Ein* Kopf, *ein* Herz, *eine* Nase und *ein* Hintern – also auch ein Ohr. Genügt völlig.

- Aber ich hätte es gern symmetrisch.

- Symmetrisch?, er lachte, - Symmetrie ist Ästhetik der Einfältigen und Primitiven. Doch wenn du es partout willst: Ich kann dich beruhigen. Die Kollegen von der Plastik-Chirurgie sind wahre Zauberer, die schaffen das. Alles haben sie nachgeformt: Nasen, Wangenknochen, Hymens und Labien im Akkord. Die können auch ein Blumenkohlohr modellieren. Kein Problem! Und sonst: lang tragen, das Haar und die linke Seite abdecken. Kann ganz reizvoll aussehen, glaube mir, gibt ein markantes Gesicht, und damit kriegst du jede Nymphe auf die Pritsche, im Handumdrehen.

- Um Himmelswillen, sagte ich und schüttelte den Kopf: - Kein Interesse, das kannst du mir glauben.

- Eine schwere Depression, die sich da entwickelt, sagte Sjödén, - da hilft eigentlich nur ein Lapplandtrip, um da herauszukommen. Du siehst die Mitternachtssonne und kommst als neuer Mensch zurück.

Zu Hause drehte ich meinen Globus, suchte nach Lappland und stieß auf Jokkmokk, den Ort mit dem sonderbaren Klang: zwei kurzen O und zwei harten Kehllauten, so hart, dass sie alle anderen Kehlgenossen mit Leichtigkeit übertrafen. Das gefiel mir und so buchte ich eine Kabine auf dem norwegischen Esso-Tankschiff MS Harald Hårfagre, das eine schöne Küstenfahrt versprach.

*****

Um ehrlich zu sein: Von den norwegischen Fjorden und der Küste bekam ich nicht viel mit, weil ich die meiste Zeit am Spieltisch saß und Bridge spielte, um mich abzulenken.

Anfang September erreichten wir den Pier einer schlafenden Fabrik am Polarkreis. Der Morgen hob seine Augenlider, sah sich die Taiga an und plante einen neuen Tag mit Wind und Regen.

Ich ging an Land, kletterte über den Drahtzaun und machte mich mit dem Kompass in der Hand auf den Weg. *Kiefernwälder, kalte Gletscher und Bergseen, wilde Flüsse, braune Bären, Elche, Füchse und viel Tundra* hatte mein Reiseführer geschrieben. Er hatte die Kreuzottern vergessen.

Irgendwann fand ich auch eine Straße. Aus dem Nichts kommend und voller Frostaufbrüche, verlief sie sich in einem Birkenwald und wartete seit Ewigkeiten vergeblich auf Verkehr. Stattdessen bekam sie kalten Regen und böigen Wind.

Am Nachmittag dann das erste Auto, eine Volvo-Limousine. Ich winkte mit dem Daumen, der Fahrer stoppte, doch als ich angelaufen kam, fuhr er weiter, um gleich wieder anzuhalten. Dieses Spielchen wiederholte er einige Male, bis ich aufgab. So blieb mir nichts anderes, als ihm die Syphilis gepaart mit Blindheit und Aussatz an den Hals zu wünschen. Heute hätte ich ihm Aids gewünscht, aber das gab's damals noch nicht.

Hinter einer Biegung entdeckte ich ein seltsames Hinweisschild: einen furchteinflößenden bärtigen Recken auf einem Podest. Er trägt einen grünen Lendenschurz und einen Lorbeerkranz, hält eine Riesenkeule in der Hand und ist jederzeit bereit, dir damit den Schädel einzuschlagen. Soll er doch schlagen, dachte ich, denn es hatte mich wieder einmal das heulende Elend überfallen.

Auf der Hochebene vergaß ich das verdammte Jokkmokk

mit seinen Gutturallauten. Die Wolken begannen sich zu verziehen, die Sonne wagte sich hervor und auf einem Hügel stand, einsam und bewegungslos wie in Stein gehauen, ein weißes Pferd und äugte unverwandt herüber, ein Menetekel des heraufziehenden Tages.

Ich stellte mich an einer Straßenkreuzung auf und wartete, bis am Horizont ein Motorroller erschien, eine armselige Vespa, die alle Mühe hatte, die kleine Steigung hochzukommen.

Yves, der Fahrer, war ein abgemagerter Typ mit langem Haar und Menjou-Bärtchen und studierte Theologie an einem Priesterseminar in Aix.

- Aix und Lappland, wie passt das zusammen?, wollte ich wissen.

- Das wirst du gleich verstehen, meinte er, und dann fingerte er ein Notizbuch aus seiner Brusttasche und zeigte mir die Telefonnummern irgendwelcher Svenjas, Ingas, Gunillas, Ullas und Agnethas. Ihre Adressen hatte er geduldig gesammelt und jetzt schickte er sich an, die Ernte einzufahren.

- Mach mit, sagte er, - allein ist es langweilig, ich biete dir einen Posten als Affärenadjutant.

- Aber mir fehlt das rechte Ohr, gab ich zu bedenken, und zeigte ihm, was von der Operation übriggeblieben war.

Yves warf einen flüchtigen Blick darauf und wischte meine Bedenken vom Tisch.

- Ist schon okay, meinte er, - schlimmer wäre es ohne Bein oder Arm. Außerdem könntest du dein Haar darüber kämmen.

*****

Gunilla war die erste auf seiner Liste: Gunilla Westin, Gamla Landsvägen in Kilpisjärvi. Yves hatte sie vor langer Zeit in einem Marseiller Eiscafé angesprochen, ihre Adresse aufgeschrieben, einmal eine Ansichtskarte vom seinem Saint-Sauveur Kloster geschickt, und war fest entschlossen, jetzt die Geschichte zu Ende zu bringen.

Gunillas Eltern waren ziemlich überrascht, als wir an der Haustür klingelten, aber schließlich wiesen sie uns den Weg zu dem Geschäft, wo das Töchterchen als Friseurin arbeitete: ein kleines Haus mit roter Tür und davor ein großes handbemaltes Blechschild mit der Aufschrift Biljana's Frisørsalon, etwas verbogen, weil man es anscheinend auch als Schneeschippe zu benutzen pflegte.

- Lass die Hände davon, sie wird Ärger kriegen in ihrem Job, sagte ich.

Aber Yves schüttelte nur den Kopf. Er ging hinein und nach einer Weile erschien er mit dem Mädchen, schäkernd wie ein verliebter Satyr.

- Ich fürchte, du musst heute allein in der Jugendherberge

schlafen, sagte er, - aber du wirst es überleben.

Er holte mich tags drauf gegen neun Uhr ab, mit einem guten Frühstück im Bauch. Gunillas Eltern hatten es den beiden ans Bett gebracht.

- Und nun du, versuch dein Glück bei ihrer Schwester Anna, sagte er, wobei er wieder in seinem Notizbuch blätterte.

- Nix da! Ich schüttelte den Kopf. - Da sind meine Depressionen. Ich habe keine Lust auf irgendwas, besonders nicht auf Frauen.

- Okay, meinte er, - dann trennen sich hier unsere Wege: Ich fahre nach Tromsö und du in diesen sonderbaren ..., wie hieß der Ort?

- Jokkmokk, sagte ich, - Jokkmokk mit zwei Kehllauten.

*****

Neun Lifts habe ich gehabt bis nach Jokkmokk, und der letzte Wagen war rosafarben und gehörte einem Riesenkerl mit Glatze.

- Steig ein, Bruder!, sagte er, - und schau mich genau an, damit du später einmal deinen Enkeln erzählen kannst, mit wem du gefahren bist.

Ich musterte ihn: blödes Gesicht, eingedrückte Nase und

112

Blumenkohlohren wie bei Freistilringern.

- Helfen Sie mir, sagte ich, - ich war lange in Kalifornien. Da habe ich nicht mitgekriegt, was hier gelaufen ist.

Er nickte. - Typisch für die Yankees, ich habe es immer gewusst. Für sie endet die Welt am Strand von Cape Cod. Und dann öffnete er das Handschuhfach und holte einen Zeitungsausschnitt heraus, auf dem man zwei Typen beim Boxen sah. - Hier, er deutete auf den Dickeren der beiden, -das bin ich bei meinem letzten Kampf: Olaf Rasmussen, Lappland-Meister im Halbschwergewicht.

Er schloss die Augen, schwelgte in Erinnerungen und nickte wieder. - Was gibt es Schöneres, sagte er, - als so ein Kampf mit nacktem Oberkörper, Mann gegen Mann, und du riechst seinen Schweiß, fühlst seinen Atem und seinen Herzschlag, wenn er dich klammert, und dann möchtest du, dass er gar nicht mehr aufhört damit. Kannst du das nachempfinden, Bro?

Und damit rückte er zu mir herüber, versuchte ein verliebtes Gesicht zu machen und legte seine rechte Hand auf mein linkes Bein.

Ich hätte es wissen müssen, aber ich gehöre zur Kategorie *Late Bloomer*, und schon immer habe ich länger als andere gebraucht, um herauszufinden, woher der Wind weht. Der Typ war ein sauberer Gaylord, ein echter Homofürst der Finsternis. Jetzt hatte er es auf meinen Oberschenkel abgesehen, aber ich war sicher, damit würde er es nicht bewenden lassen.

So habe ich, als wir gerade einen Bach durchfuhren, die

Beifahrertür aufgerissen und bin mit meinem Rucksack herausgesprungen, hinein in das Fjellwasser, das ging mir bis zu den Knien, und beim Laufen glaubte ich, einen süßlichen Atem in meinem Nacken zu spüren.

*****

Irgendwie bin ich dann auch nach Jokkmokk gekommen, aber der Ort war stinklangweilig und trist wie seine Vokale. Dann lieber Guovdageaidnu dachte ich und beschloss, mit dem Bus zurückzufahren.

- Zurückfahren wäre ein Fehler, sagte Jokki, ein Eingeborener mit Vollbart und blauen Augen. - Heute Nacht erwarten wir die Polarlichter, die muss man erlebt haben. Besser, Sie gehen hinaus in die Taiga und schauen sich den Himmel an, und danach werden Sie anfangen, Gedichte zu schreiben, das verspreche ich.

Er hatte mich neugierig gemacht, der Alte. Als es dunkel wurde, nahm ich ein Fahrrad, fuhr hinaus in die Einsamkeit, legte mich ins Moos, blickte hinauf zum Sternenhimmel und wartete in himmlischer Stille. Jokki hatte nicht zu viel versprochen. Bald begann ein magisches Spektakel. Ich sah in verschwommenem Grün eine Sandwüste mit hohen Dünen, bizarren Felsbrücken und Riesenpilzen. Die wanderten über den grünen Nachthimmel, blieben plötzlich stehen und verschwanden unerwartet im Nichts.

114

Eine grüne Kamelkarawane ist nicht erschienen, aber plötzlich war die Tizol-Nummer *Caravan* in meinem Kopf, dieser geheimnisvolle und exotische Ellington-Standard. Müsste ich eigentlich wieder mal auf meinem *Yamaha* spielen, am liebsten in C-Moll.

In der folgenden Nacht war das magische Lichtspiel vorbei und ich trat die Rückreise mit dem Autobus an. In der Jugendherberge von Bodö traf ich Yves, der hinter dem Haus an seiner Vespa herumbastelte.

- Ich habe eine Idee, sagte er. - Lass den verdammten Bus komm mit auf dem Roller wie vorige Woche. Ist luftiger, lustiger und weniger langweilig.

- Okay, nickte ich, - aber dann fahren wir zuerst nach Kilpisjärvi, wenn es nach mir geht.

- Kilpisjärvi?, er überlegte. - Was zum Teufel willst du in Kilpisjärvi?

- Vielleicht sollte ich mir doch einmal Gunillas Schwester Anna anschauen.

- Anna?, fragte er verständnislos. - Warst du nicht depressiv oder sowas in der Art?

- Die Zeiten ändern sich, sagte ich, - Aurora Borealis. Also los, fahren wir!

Kierkegaard und Ragnarök

Rob nennen sie mich, aber das ist, glaube ich, nicht mein richtiger Name, denn ich war ein Findling, ein Findelkind, das Udo Ulrich, genannt UU, und seine Frau eines Morgens auf ihrer Haustürschwelle gefunden hatten. Sie nahmen mich auf, adoptierten mich, und ich revanchierte mich mit guten Schulnoten.

Wer meine richtigen Eltern waren, habe ich nie erfahren, aber von meinem Aussehen her müssen sie Exoten gewesen sein.

Nach meinem Abitur wollte ich irgendwas studieren.

- Ich würde Theologie vorschlagen, meinte UU, - eine hochangesehene Disziplin, mit der wirkt man immer seriös, selbst wenn man als Hanswurst daherkommt.

Und so mietete ich eine Wohnung in Flussnähe und begann an der Hochschule Bibelwissenschaft, Philosophie und Theologie zu studieren, all die Sachen, die ein Schwarzrock draufhaben muss, um seine Herde zusammenzuhalten. Mit dem Diplomexamen klappte es schon im ersten Versuch, obwohl ich mir beim Studieren viel Zeit gelassen hatte.

Für die Abschlussfeier hatte der Ausländerclub wie üblich eine Party organisiert, eine Sause mit Bier, Wein, Hasch, Shit und allem, was sonst noch dazugehörte.

Unter den Mädels, die gekommen waren, fiel mir Muna

auf, eine Chilenin mit einem irgendwie indianischen Touch. Indianischer Touch – was das heißt? Natürlich kein Stirnband mit einer Feder hinten drin und auf dem Rücken ein Pfeilköcher, aber dafür markante Gesichtszüge, gebräunte Haut, katzenhafte Bewegungen, schulterlanges nachtschwarzes Haar und ein ziemlich kurzes Röckchen.

Wir kamen rasch ins Gespräch, diskutierten über dies und jenes, und irgendwann hatte sie Fragen zur Jungfrauengeburt.

Jungfrauengeburt? Damit hatte sie mich kalt erwischt.

- Ein schwieriges Thema, sagte ich, - sozusagen die Integralrechnung der Theologie, und man muss weit ausholen, denn in allen christlichen Religionen gehört die Jungfrauengeburt bekanntlich zu den … Ich überlegte, versuchte mich zu sammeln und eine Formulierung zu finden, doch vergeblich, und so beschlossen wir, das Thema in meiner Wohnung zu vertiefen.

Traue einem Mädchen, du wirst es bereuen, hatte Kierkegaard gesagt, *traue ihr nicht, du wirst es auch bereuen – entweder du traust ihr oder du traust ihr nicht, bereuen wirst du beides.*

Und ich traute, bereute und genoss meine Reue. Vielleicht zu lange, denn als ich erwachte, war Muna verschwunden. Kein *Chau,* keine Notiz, keine Telefonnummer, keine Adresse – nichts.

Trotzdem war sie ein nettes Ding, netter als die kleinen

Flittchen im Club *XXX*, die für jede Bewegung Extrazahlung verlangten. Allerdings gab es – und das sollte aus Fairnessgründen nicht unerwähnt bleiben – Weihnachten, Ostern und Pfingsten immer wieder Rabatt für die Bibel-Studenten, denn sie brachten neue Kundschaft und benahmen sich korrekt, wie es sich für Jungakademiker gehörte.

*****

Viele Jahre nach meinem Abschluss bekam ich meine erste Stelle als Kaplan in einer kleinen Gemeinde flussabwärts. Ich zog in das alte Pastorat, taufte, beerdigte, nahm Beichten ab, und auch bei Volksfesten war ich zusammen mit dem Bürgermeister immer mit dabei.

Eines Abends, ich kam von einer Sitzung des Gemeinderats, stand vor der Haustür ein Auto mit einer Frau und einem Jungen, die offensichtlich auf mich warteten. Die Frau rauchte, der Junge hörte Musik, und als ich die Treppe hinaufging, riefen sie meinen Namen. Sonderbar, dachte ich, nie gesehen, diese Dame, und woher sie meinen Namen kennt, das weiß der Teufel.

- Rob, wiederholte sie, - habe ich dich endlich gefunden!

Und dann ganz plötzlich fiel es mir wie Schuppen von den Augen und ich erinnerte mich.

- Hallo Muna, sagte ich, - war da nicht mal was zwischen uns mit der Jungfrauengeburt? Lang, lang ist's her, und du bist damals Hals über Kopf verschwunden.

- Richtig, sie nickte, - fast hätte ich damals meinen Flieger nach Chile verpasst.

- Und er? Ich deutete auf den Jungen mit dem Kopfhörer.

- Das ist Rubén, unser Sohn. Sieht dir ziemlich ähnlich, oder? Wollte mal seinen Vater kennenlernen, wenn du verstehst.

Ein Sohn? Zuerst verstand ich nur Bahnhof, aber dann schwindelte es mir vor Augen, und als der Junge ausstieg, seine Kopfhörer abnahm und mich spontan umarmte, stand ich ziemlich hilflos da.

- Ist schon gut, meinte ich am Ende, - ich freue mich, dich kennenzulernen.

- Ich mich auch, sagte Rubén, und - hier, bitte schön, ist ein Geschenk für dich.

Und er reichte mir einen Korb mit einem armseligen, vor Angst zitternden Hund, einem Kläffer, um es klar zu sagen, einem, der andauernd fressen und spazieren gehen will, der am Teppich nagt, wenn man ihn allein lässt, der nachts bellt, weil ihn sein Hundemagen drückt, der alle Hündinnen der Stadt bespringt und immer mit im Bett schlafen will, oben am Kopfende, damit er den Überblick hat.

Ja, ich wusste Bescheid über Hunde und ich mochte sie

nicht sonderlich, denn ich war eher Typ Katzenfreund, wenn Sie verstehen. Was tun? Umtauschen oder …, mir würde schon etwas einfallen, dachte ich, und so sagte ich erst einmal *gracias, muy amable,* ich werde ihn Coco nennen.

Wir gingen hinein, setzten uns zusammen an den großen Esstisch und musterten uns neugierig wie Kartenspieler beim Lizitieren.

Ähnlichkeiten zwischen Mutter und Sohn? Kaum, aber mir war der Junge wie aus dem Gesicht geschnitten, außerdem kam er nett, sympathisch und irgendwie sportlich rüber.

- Bravo, sagte ich zu Muna, als wir danach allein waren. - Du kannst stolz sein.

- *Wir* können stolz sein, meinte Muna, - alle beide. Aber er muss viel einstecken in seinem Leben, weil er unehelich ist, ein *Bastardo,* wie sie in Chile sagen.

Ein Wink mit dem Zaunpfahl, und ich verstand.

- Also, du meinst heiraten? Ich schüttelte den Kopf. - Das ist nicht so einfach, wie du denkst. Da ist mein verflixtes Zölibat. Als Priester habe ich Enthaltsamkeit und Keuschheit versprochen, und wieder einmal bin ich dabei, mein Gelübde zu brechen. Der Bischof wird mir mit Vergnügen in den Hintern treten.

- Zum Teufel mit dem Bischof!, sagte sie. - Ich dachte an ein Standesamt in Dänemark, das ist gut, nett und würdig, einen Orgelspieler haben sie auch, und der Amtschef trägt eine Schärpe, da kann der Bischof nur neidisch gucken.

- Das kommt mir alles zu schnell, meinte ich und erinnerte mich wieder an den spitznasigen Philosophen aus Kopenhagen. *Heirate, du wirst es bereuen,* hatte der gesagt, heirate *nicht, du wirst es auch bereuen. Entweder du heiratest oder du heiratest nicht: Bereuen wirst du beides.*

Ich überlegte drei Nächte und dann heirateten wir und Rubén wurde ehelich, was ihn aber nicht sonderlich beeindruckte. Muna flog zurück nach Chile, um ihren Hausstand aufzulösen und ich wartete auf die Reue.

*****

In einer Maiennacht brach die Ragnarök über das Tal herein, ohne dass Landrat Peters Katastrophenalarm ausgerufen hätte. Stattdessen band er sich einen roten Schal um den Hals, wartete erst einmal ab und sah sich nebenbei die Geo-Quiz-Sendung im Fernsehen an, wo nach dem Land mit den längsten Außengrenzen gefragt wurde.

Peters lag gleich zweimal daneben: Zuerst, als er auf China tippte und dann, was die Dauer der Sendung betraf, denn die endete wider Erwarten erst kurz vor Mitternacht.

Da war die Sturmflut schon angekommen und hatte Deiche zerstört und Häuser, Kirchen und Brücken verschlungen. Die Bewohner des Tals ertranken, aber ich und Peters überlebten: Ich in der Nachbarstadt, wo ich zu tun hatte, und Peters auf einem Hausdach, frierend, durchnässt und ohne Schal. Rubén hingegen blieb trotz aller Suchaktionen verschwunden.

Trotzdem entschloss ich mich zu einem Dankgebet.

Oh Herr, betete ich, *ich danke dir für die Rettung, denn du hast mich fortgeschickt, bevor die Flut gekommen ist. Aber warum hast du nur mich und nicht auch meinen Sohn gerettet?*

Und der Herr antwortete: *Meinen eigenen Sohn habe ich nicht gerettet damals auf Golgatha. Wieso also sollte ich den deinen retten? Drum wisse: Meine Wege sind unergründlich.*

Ja, unergründlich und ungerecht, denn nichts Todeswürdiges hatte Rubén in seinem kurzen Leben verbrochen, nur manchmal mit seiner Boygroup frivole Texte gesungen: von einem nackten Tattergreis zum Beispiel, der mit seinen Kronjuwelen am Drahtzaun hängenbleibt und solche Sachen. Blöd der Text, anstößig und kindisch, ich weiß, nur lässt man dafür niemanden ertrinken, oder?

Also nichts gegen Gottes Entscheidungen! Doch sie trafen wie so oft den Falschen, weil der Herr zuweilen den Überblick verlor. Darum wollte ich ihm die Arbeit abnehmen und den Richtigen bestrafen: Peters, den Dummschwätzer, Rumsteher und Zauderer. Würde zwar Rubén nicht wieder lebendig machen, aber die Erde gerechter. Auch weiß jedermann: Rache ist süß, süßer denn Honig, wie es in der Bibel heißt.

Ich nahm meine Glock, eine schöne Pistole, die ich vor einiger Zeit in der Kirche konfisziert hatte, und ging auf den Flussdeich, wo man sich nach der großen Flut schon wieder trockenen Fußes bewegen konnte. Dort stieß ich kurz nach Sonnenuntergang auf Peters.

- Mein Gott, Sie haben mich ganz schön erschreckt, Herr Pfarrer, sagte Peters und blieb stehen.

- Gleich werden Sie noch mehr erschrecken, sagte ich und griff nach der Pistole.

Peters ging einen Schritt zurück und hob die Arme. - Um Himmelswillen, machen Sie keinen Unsinn! Wozu dieses Theater?

- Mehr als dreihundert Ertrunkene, sagte ich. - Das sind mehr als dreihundert Gründe. Reicht das nicht?

Peters schüttelte den Kopf. - Was wollen Sie? Die Justiz hat mich freigesprochen.

- Nix, sagte ich. - Justitia ist eine Hure und die Richter sind ihre Strizzis, wie jeder weiß.

- Und Sie kriegen lebenslänglich, wenn Sie schießen, und lebenslänglich, das kann die Hölle sein in Hamburgs *Santa Fu*. Wissen Sie, wie das ist, in der Hölle?

Klar, dass ich das wusste. Mit Grauen erinnerte ich mich an die Hieronymus-Bosch-Bilder vom Jüngsten Gericht.

124

Ja, er hatte schon eine blühende Fantasie, der Mann von der holländischen Malerzunft, aber er dachte wohl eher an Kindesmörder, Massenmörder, Sexualmörder, Meuchelmörder oder Lustmörder und nicht an den aufrechten Attentäter, der auf Gerechtigkeit aus ist.

- Also sind Sie fertig oder wollen Sie noch ein Vaterunser sprechen?, fragte ich in Doc-Holiday-Manier.

- Verdammt, schießen Sie endlich, sagte Peters, - und für die Hölle ziehen Sie sich schon mal warm an.

Gut zu wissen. Ich fixierte das Korn und drückte ab. Aber nichts geschah: Ladehemmung, weil …, ja, ich konnte es mir nicht erklären, warum das Ding nicht schießen wollte und warum auch der zweite Versuch misslang.

Peters hatte sich inzwischen verdrückt, wollte wohl keinen dritten Versuch abwarten. Also ein Fiasko auf der ganzen Linie! Solche Tage gab es, und da fand ich immer Trost bei Tomomi.

*****

Tomomi, die japanische Chefin des Eros-Clubs in unserer Kreisstadt, war hübsch, zierlich, immer bemüht, ihren Kunden Zuspruch und praktische Hilfe zu geben.

- Eine traurige Geschichte mit deinem Sohn, sagte sie

125

mitleidig und streichelte meine Wange, - aber du solltest verdammt noch mal nicht aufgeben. Hast du die Behörden eingeschaltet? Ich meine Polizei und Jugendamt, die das Rotlichtmilieu überwachen.

- Mein Sohn bei den Nutten, welch perverse Idee!, ich schüttelte den Kopf. - Der Junge ist vierzehn, für den lege ich meine Hand ins Feuer! Im Übrigen, und das nur nebenbei: Immer habe ich ihn kurzgehalten, den Kerl. Nie hätte er auch nur einen Penny für eure Etablissements gehabt.

- Ganz schön naiv, mein Lieber!

Die schöne Tomomi zeigte ihre Zähne und lachte. - Die cleveren Jungs haben einen Trick. Gegenüber dem *Moulin Rouge* ist das Nachhilfeinstitut für Mathe, Chemie und Physik – da zahlt man einen Fünfziger für die Stunde, eine Menge Geld, das auch für andere Dinge gut ist. Kannst du dir vorstellen wofür?

Das konnte ich nicht, weil ich zu gut für diese Welt war.

So regte ich mich erst einmal tierisch auf, wie es meiner Gewohnheit entsprach, doch dann fuhr ich trotzdem zum Polizeirevier III, gemäß der Devise *Versuch macht kluch*.

Der Laden lag gleich hinter der Schleuse in einer Straße mit dem sonderbaren Namen Mördergasse. Revierchef war Oberkommissar Hansen, ein Riese von Mensch, der sich bücken musste, wenn er durch die Tür trat. Er hatte diesen leidenden Gesichtsausdruck, der typisch ist für Männer mit Magengeschwür.

- Ich suche einen Jungen, sagte ich, - möglich, dass man ihn im Rotlichtviertel aufgegabelt hat.

- Alles ist möglich in diesen Zeiten, meinte Hansen, - besonders seitdem die Geschäfte schlecht laufen. Wie sieht er aus, der Kerl?

- Blond mit einer Knollennase und einem Tick wie ich, also irgendwie exotisch könnte man sagen.

- Ja, so einen habe ich, nickte Hansen. - Ich habe ihn nach seinen Eltern gefragt, allerdings sagt er nichts, weil er angeblich kein Deutsch versteht. Gehen Sie ruhig nach hinten und schauen Sie ihn sich an. Er schläft auf meiner Dienstliege. Wecken Sie ihn nicht, denn jeder Mensch braucht seinen Schlaf.

Natürlich war es Rubén, der da schlief, ziemlich tief übrigens. Ich beugte mich zu ihm hinunter, um sein Gesicht zu streicheln, doch als ich eine ziemliche Fahne roch, rüttelte ich ihn an der Schulter, bis er wach wurde.

- Seltsam alles, sehr seltsam! Hansen schüttelte verständnislos den Kopf.

- Wenn Sie ihn mitnehmen wollen …, ich muss das in meinem Diensttagebuch vermerken, meinte er schließlich. - Sind Sie verwandt?

- Weitläufig, sagte ich, - nur der Erzeuger.

- Der Erzeuger? Ich hätte nicht gedacht, dass katholische Priester …

- Haben Sie eine Ahnung, meinte ich, - die Priester, die sind schon schlimme Burschen, doch ihre Söhne die Allerschlimmsten. Mit vierzehn in einem Hurenhaus. Ist das normal?

- Normal? Hansen schüttelte den Kopf. - Das ist verrückt. Unser Sohn Hannes ist schon achtzehn und noch nie hat er …

- Keine Angst!, sagte ich. - Irgendwann klickt es bei ihm und er wird nicht mehr zu bremsen sein, glauben Sie mir!

*****

Das Amt für Registrierung und Schadensregulierung lag gleich gegenüber dem Polizeirevier und Inspektor Jessen feierte wieder einmal den Tag der Redseligkeit.

- Tut mir leid, dass es auch Sie und Ihr Haus getroffen hat, sagte er. - Natürlich wird sich das Amt um unbürokratische Hilfe bemühen.

- Es war der Wille des Herrn, meinte ich. - Vorerst bin ich flussaufwärts untergekommen, wo es sich aushalten lässt.

- Gottseidank!, Jessen nickte mitfühlend.

- Dass Sie einen Sohn haben …, einige vermuteten es übrigens schon, aber jetzt ist es amtlich, und nun wissen Sie bestimmt auch, wie es weitergehen soll.

- Keine Ahnung, ich zuckte die Achseln, - ist auch egal,

notfalls tritt man auf der Stelle.

Jessen schüttelte den Kopf. - Auf der Stelle treten ist nicht, immer geht es weiter, sogar bei Ihnen, denn die Welt ist permanent in Bewegung. Schon Heraklit hat es gewusst: *Panta rhei,* das heißt Panther und Reh können nicht im selben Fluss schwimmen.

Deshalb, wenn Sie mich fragen: Ich würde konsequent sein und in Familie machen mit allem Drum und Dran: Gartenzwerg, Hund, Spähspiegel am Straßenfenster und, und, und.

Und das Allerwichtigste …, Jessen nickte, - wenn Sie Glück haben, lässt man Sie weiter praktizieren, denn irgendwie sind Sie ja ein Sonderfall. Aber Kardinal werden können Sie nicht, auch nicht, wenn Sie sich auf den Kopf stellen.

- Muss ich mir alles nochmal überlegen, meinte ich, - vielleicht werde ich auch nur Bischof.

Blöder Witz mit dem Bischof, dachte ich, aber es sollte noch blöder kommen, als ich zu Hause meinen Briefkasten öffnete.

Lieber Bruder, hieß es in dem apostolischen Schreiben, *hiermit ersuchen wir Sie, sich in den nächsten Tagen zur Abklärung Ihres Status im bischöflichen Sekretariat einzufinden und bis dahin keine weiteren Amtshandlungen vorzunehmen.*

Der Bischofssekretär, ein Glatzkopf mit rotem Gesicht und Säufernase, empfing mich ziemlich steif, wobei er mich eingehend von oben bis unten musterte.

- So sieht also jemand aus, der sein Zölibatsgelübde gebrochen hat.

- Da bin ich in guter Gesellschaft mit vielen Priestern, Bischöfen, Kardinälen und sogar einigen Päpsten, sagte ich. - Die haben es vorgemacht, und die Kirche hat es überlebt. Außerdem: Auch die Jünger waren verheiratet: Matthäus, Markus, Lukas und Johannes.

- Ihr Argument in Ehren, der Sekretär schüttelte unwillig den Kopf, - doch das ist Schnee von gestern, ein Topos der Vergänglichkeit, wenn ich das so sagen darf. Heute gilt der Zölibat ohne Wenn und Aber, und ein Verstoß, das ist ein Jahrhundertskandal und hat immer Laizisierung und manchmal Kreuzigung zur Folge.

- Laizisierung?

Der Glatzkopf setzte ein mitleidiges Gesicht auf. - Laizisierung, das heißt Talar ausziehen und Schluss ist: keine Predigten, keine Trauungen, keine Bestattungen, keine Taufen, also Verbannung aus dem Paradies.

- Das darf nicht wahr sein! Ich schüttelte den Kopf.

- Leider ja, meinte der Sekretär. - Aber keine Angst! Es gibt Laienjobs als Ersatz, so dass Sie nicht am Bettelstab gehen müssen. Darüber entscheidet der Bischof, doch der ist nachtragend. Für einen wie Sie hat er nur einen Pförtnerjob, eine anständige und ehrliche Tätigkeit, doch ohne Pastorensalär, ohne Dienstwohnung, ohne Haushaltshilfe und diese Sachen.

Oder haben Sie gedacht, Sie kriegen eine Beförderung wie dieser Kerl bei Stendhal, wie war noch sein Name?

- Sorel, sagte ich, Julien Sorel. Aber Pförtner sein ist nicht gerade meine Leidenschaft und dürfte wenig einbringen für vier hungrige Mäuler.

- Vier? Ich weiß nur von dreien, meinte der Sekretär und zählte an seinen Fingern ab.

Ich schüttelte den Kopf. - Vier, Sie haben den Hund übersehen.

- Das ändert nichts, gar nichts, sagte der Sekretär, - Laizisierung ist immer auch Buße, um es mal so zu sagen.

- Schwer verständlich, ich schüttelte den Kopf, - Ich dachte immer, für die Buße sei die Hölle zuständig.

- Da müssen Sie differenzieren. Höllen gibt es immer zwei: eine unten für die Toten und eine oben für die Lebenden. Aber wie dem auch sei: Vergessen Sie nicht, die Pastoratsschlüssel zurückzugeben.

Das war's also! Eine steile Karriere von der Akademie zur Pförtnerloge, wo man am Schiebefenster sitzt und sich in der Nase bohrt. Und dann noch der graue Himmel mit Dauerregen, ein Weib, das sich nicht blicken ließ, ein Sohn, der sich besoff, und ein Köter, der alle Hündinnen besprang. Eigentlich gute Gründe, sich den Strick zu nehmen. Doch dann fiel mir wieder Kierkegaard ein, der alles mies zu machen pflegte: Liebe, Frauen, Ehe und sogar den anständigen, handgedrehten Strick aus Hanf.

Hänge dich auf, du wirst es bereuen hatte er gesagt, *hänge dich nicht auf, du wirst es auch bereuen.*

Aber zu Eros-Centern hatte er nichts gesagt, die hatte er ausgespart oder schlicht vergessen. Und so suchte ich wie immer Trost und Rat bei Tomomi.

- Trauer, warum Trauer?, fragte sie.

- Es ist die Ungerechtigkeit, sagte ich. - Zehn Jahre Theologie, Juristerei und Latein und am Ende eine beschissene Pförtnerloge. Dieser Bischof ist ein Strolch, aber irgendwann wird er mir über den Weg laufen und dann …

- Stopp, so kommen wir nicht weiter!, unterbrach mich Tomomi. - *ich* werde die Sache regeln.

- Mit dem Bischof?

Ich musste wohl ungläubig dreingeschaut haben.

- Mit dem Bischof, nickte sie, - aber nach meiner Art.

Machen wir es kurz! Nach einigen Wochen wurde ich in den nicht kirchlichen Dienst des Bistums „übergeleitet", wie es hieß, und zwar als Direktor der bischöflichen Güterverwaltung mit Dienstwagen, Sekretär und allem Drum und Dran.

*****

132

Zu Hause dankte ich noch einmal dem Herrn und rief Rubén.

- Geburtstagsüberraschung, sagte ich, - lasst uns in der *Gelateria* oben am Deich feiern!

Rubén rümpfte die Nase. - Ich weiß nicht recht.

- Keine Waffeln und Kugeln, sagte ich, - sondern große fette Eisbecher mit Sahne und einem Schuss Orangenlikör.

- Orangenlikör ist nicht so mein Ding, meinte Rubén und schaute etwas unglücklich rein, - aber gegen ein Glas Aquavit hätte ich nichts.

- Aquavit? Etwa dieser Schnaps?

Rubén nickte. - Vierzehn verlorene Jahre, da haben wir einiges nachzuholen, meinst du nicht?

Bei einem Glas Aquavit ist es dann nicht geblieben, und ich fragte mich am Ende, wer wen auf dem Heimweg gestützt hatte. Für Rubén war es angeblich der erste Rausch seines Lebens und ich kannte mich eigentlich nur mit Messwein aus.

Und so gelangten wir schwankend und die Chile-Hymne singend zum Viehmarkt, wo wir bei Vollmond neben der Wasserpumpe die große Mitternachts-Kotzschau zelebrierten.

Dort würden wir wahrscheinlich noch jetzt hocken, wäre nicht dieser Oberkommissar mit dem Magengeschwür auf seinem Nachtspaziergang vorbeigekommen. Der brachte uns wohlbehalten heim.

- Das wär's dann, Heiliger Vater!, sagte er zum Abschied.
- Ist ja alles fantastisch gelaufen bei Ihnen, und ihre Beförderung …, wunderbar!

Zu Hause eine weitere Überraschung: Ein Auto, das mir nicht ganz unbekannt war, und hinten drin Muna, die geduldig wartete.

Als sie aber Rubéns verschlafenes Gesicht sah, wurde sie zu einer wahren Xantippe. - Rob, du Saukerl und Hurensohn!, schrie sie. - Konntest du nicht aufpassen auf unseren Kleinen? Recht so, dass der Bischof dich rausgeschmissen hat! Eigentlich hätte er dir die …

Ich erspare mir die Wiedergabe ihrer Beschimpfungen und Flüche an dieser Stelle.

Und dabei keifte sie laut wie die Mädels bei Frou Ineke, wenn man mal einen Zehner zu wenig für die Gage hingelegt hat.

Kierkegaard hatte vor dem Heiraten gewarnt. Wie recht er doch hatte! Und die Reue? Nun war sie eben da, dachte ich. Sei's drum! Wer kommt, geht auch wieder.

Farbenlehre

E ine fabelhafte Jam Session war das, aber um drei war Polizeistunde und der Vollmond kam hervor und begann, seine Geschichten zu erzählen.

Mit dem Rad fuhr ich heim, schloss die Fensterläden und legte mich schlafen, denn wenn ich etwas kann, dann ist es schlafen. Schlafen zu jeder Tages- und Nachtzeit und überall: in Parks, Strandkörben, auf Friedhöfen und offenen Lastwagen, in Hängematten, Polizeizellen, Pferdeboxen und, wenn es sein muss, in Betten: fremden und meinem eigenen. In der Hölle hatte ich es noch nicht ausprobiert, doch ich nehme an, auch da hätte ich es gekonnt.

Aber heute war ein weiches Bett angesagt, riesig und für mich allein, denn Sári war wieder einmal ausgeflogen. Ich träumte von wilden Pumas und scheuen Guanakos, und plötzlich steht Vanessa, die Nachbarstochter, im Zimmer, knippst das Licht an und will wissen, was Sache ist.

- Was soll sein?, sage ich. - Ich bin spät nach Hause gekommen und brauche eine Mütze Schlaf.

- Aber warum, zum Teufel, hast du die Rolläden herunter, das Telefon ausgeschaltet und auch die Türklingel?, fragt sie.

- Hat sich so ergeben.

- Ziemlich ungewöhnlich um diese Zeit, meint sie. - Dein Sohn sagt, ich soll aufpassen, und so habe ich den Zweitschlüssel genommen, aufgeschlossen und … hier stehe ich, ich kann nicht anders. Amen!

- Mein Sohn ist überängstlich in letzter Zeit, meine ich, demnächst muss ich mich abmelden, wenn ich aufs Klo gehe.

- Richtig, Vanessa nickt. - Bei dir kann man ja nie wissen, und wenn du ausgeschlafen hast, rauchen wir zusammen einen Joint und dann erzählst du mir, wovon du geträumt hast. Da war nämlich so ein eigenartiges Zucken in deinen Augen, als ich ins Schlafzimmer kam.

Nun ja, ich konnte ausschlafen, und am Abend haben mich Klara und Ole, Vanessas Eltern, zum Gulasch eingeladen, deutschem Gulasch wohlgemerkt, nicht zu vergleichen mit ungarischem Pörkölt. Trotzdem wurde es ein netter und unterhaltsamer Abend, so dass Ole und ich spontan beschlossen, die Buchsbaumhecke zwischen unseren Grundstücken herauszureißen.

- Für meine Begriffe problematisch, hatte Sári später gemeint. - Wie weißt du jetzt, wo dein Garten zu Ende ist und der von Ole beginnt?

Ich zuckte die Schultern. - Ist mir eigentlich egal und Ole auch.

Und so erklärten wir Obstbäume, Gemüsebeete, Rosensträucher und die Katze zu Gemeingut und wuchsen mehr oder weniger zusammen. Jeden Mittwoch trafen wir uns zum Robber-Bridge, wir feierten gemein-sam, was sich feiern ließ, und schließlich wurde ich Taufpate von Klein-Ole, dem Enkel. Eine nette Großfamilie, der nur noch das Familien-Mausoleum fehlte.

Aber Dinge ändern sich, und oft dann, wenn man es nicht erwartet. Eines Abends – ich schaue gerade Fußball im TV – erscheint Ole. Ob er, bitte schön, den Zweit-schlüssel für seine Haustür zurückhaben könne. Seiner sei verschwunden.

- Und, da wir gerade dabei sind, er lächelt säuerlich, - ich glaube, es war eine blöde Idee, die Buchsbaumhecke zu kappen.

- Eine blöde Idee? Ich verstehe nicht.

- Nun ja, deine Katze ist sonderbar. Sie sitzt neuerdings an meinem Fischteich und irgendwann wird sie hineinfallen und ertrinken.

- Keine Angst! Sie hat das Freischwimmerzeugnis, blödele ich.

- Guter Witz! Ole nickt säuerlich und dann nimmt er seinen Schlüssel, wünscht einen guten Abend und weg ist er für eine Ewigkeit.

- Ein Missverständnis!, sagt mein Psychodoc und wiegt den Kopf.

- Vielleicht bist du Klara zu nahegetreten: lose Sprüche, frivole Witze und diese Sachen, du weißt ja selbst.

- Nichts, ich schüttele den Kopf, - da war nichts, das kann ich beschwören.

Und so versuchte ich, Ole anzusprechen: an seiner Haustür, am Telefon, auf der Straße und in unserem Garten. Doch immer wich er aus, spielte den Ahnungslosen oder schaute unvermittelt auf seine Uhr.

- Ehrlich, da ist nichts, meinte er letztes Mal und schüttelte den Kopf, - alles nur Einbildung.

Von wegen Einbildung! Neuerdings erscheint er mir schon im Traum. Er trägt eine schwarze Bärenfellmütze auf dem Kopf, schneidet eine Fratze und streckt mir die Zunge heraus.

Am Ende rief ich hilfesuchend Vanessa an.

- Ja, Papá und seine Macken!, sagte sie. - Eine alte Geschichte und komplizierter, als wir gedacht haben. Du hast ihn enttäuscht auf der ganzen Linie, existenziell, prinzipiell und politisch. Um es klar zu sagen: Bei der Landtagswahl hast du falsch gewählt und das nimmt er dir verdammt übel.

- Falsch gewählt, wenn's weiter nichts ist!, meinte ich. - Ich wähle nach Lust und Laune: heute Zitronengelb, morgen Grün wie die Hoffnung und übermorgen Himmelblau oder Rot wie die Liebe. Und manchmal bin ich farbenblind und dann wähle ich überhaupt nicht.

Das könnte ich Ole morgen bei einem Glas klarmachen.

- Klarmachen? Sie schüttelte traurig den Kopf. - Papá will nicht reden, da ist er stur. Er meint, mit Leuten deiner Couleur redet man nicht, die lässt man links liegen. Punktum!

- Also keine Diskussion?

- Nix, keine Diskussion, das kannst du vergessen.

- Schade, sagte ich, - das Ende einer wunderbaren Freundschaft. Irgendwann werde ich wohl das Haus verkaufen, der Makler hinten am Schlosspark hat mir wieder ein Angebot gemacht.

- Am Schlosspark? Vanessa rümpfte ihr Näschen. - Der Mann ist Türke oder Kurde oder sowas.

- Egal, ob Türke oder Eskimo, aber er ist ein netter Typ und wir machen zusammen Taekwondo.

- Ach so, das hatte ich nicht gewusst, meinte Vanessa, - und Papá ganz sicher auch nicht, der wird sich wundern.

Tags drauf steht Ole wieder einmal vor meiner Tür:

- Lange nicht gesehen, Amigo, sagt er. - Wir sollten wieder mal ein Gläschen zusammen trinken.

- Im Augenblick ist schlecht, sage ich, - aber irgendwann wird die Zeit kommen, da bin ich sicher.

Vorfahrt ohne Gnade

Feiern – dafür braucht es nichts Weltbewegendes, jeder Mist lässt sich feiern, wenn man will: ein Attentat, eine Hinrichtung, ein Begräbnis, ein Bordellbesuch – alles. Und so beschloss ich, auch den Jahrestag meiner Fahrprüfung zu feiern, den dreißigsten, um genau zu sein.

In all den Jahren bin ich, weiß Gott, viel Auto gefahren: *Highway Number One* in Kalifornien, *Atlantik-Motorvei* in Norwegen, durch die Wasserfälle von Boliviens *Camino de la Muerte* und auf den *Avenidas* von Buenos Aires und Sao Paulo im Wettrennen mit anderen Verrückten.

Wie viele Kilometer? Eine knappe Million schätze ich, und worauf ich besonders stolz bin: Immer unfallfrei und ohne Strafzettel, was an meinem ausgeprägten Gerechtigkeitsgefühl liegt.

Dieses meldete sich kürzlich wieder einmal, als ich von einem grünen Skoda geschnitten wurde. Nicht dass ich ein Verkehrsfuzzi war, einer, für den die StVO über der Menschenwürde stand. Nein, wenn mir danach zumute war, stoppte ich schon mal, ließ andere Autos großmütig passieren und nahm gönnerhaft nickend eine Danksagung an der nächsten Kreuzung entgegen.

Aber an jenem Tag stand mir nicht der Sinn nach Großmut, denn der Grüne kam von links und wollte mir die Vorfahrt nehmen, *meine* Vorfahrt wohlgemerkt, eine Situation, bei der ich keinen Spaß verstehe.

Und so gab ich Gas auf Teufel komm raus. Vielleicht war ich nicht schnell genug oder der Typ war zu schnell mit seiner Kiste, jedenfalls stießen wir zusammen und mir wurde Nacht vor Augen.

*****

Als ich aufwachte, lag ich in einem Klinikbett. Eine zierliche, mandeläugige Schwester mit weißem Häubchen stand daneben und lächelte freundlich. Dann bemerkte ich den großen Verband um meinen Kopf und die Schiene unter dem rechten Arm.

- Ich war wohl bewusstlos, sagte ich zu der Kleinen, - was ist geschehen?

Worauf sie weiter lächelte, nickte und mit *ja, ja, ja* antwortete, *ja, ja, ja* – ohne weitere Erklärungen.

Und auch der Stationsarzt im weißen Kittel, verantwortlich für meinen Puls und mein Wohlbefinden, konnte keine Auskunft geben, was aber immer noch besser war als *ja, ja, ja.*

Am Nachmittag klopfte es und ein junger Typ erschien, ein Polizist mit blondem Bärtchen auf der Oberlippe und einem silbernen Stern auf den Schulterstücken.

- Eine schlimme Geschichte, die Sie angerichtet haben, meinte er schnöselig zur Begrüßung und setzte sich ungefragt auf den Stuhl der Chinesin.

- Tut mir leid, sagte ich, - aber noch immer ist mir nicht klar, wie das passieren konnte.

- Ist doch offensichtlich, sagte der Kommissar, - zu schnell gefahren, statt zu bremsen.

- Nix ist offensichtlich, ich schüttelte den Kopf. - Ich war auf der Hauptstraße, der andere kam von links und hätte warten müssen. Das sagt Ihnen jemand, der seit dreißig Jahren unfallfrei fährt.

- Egal, woher er kam …, der Kommissar schüttelte den Kopf, - Sie müssen warten und bremsen, immer, selbst wenn Sie Vorfahrt haben.

Wieder so ein Klugscheißer und Schlaumeier, dachte ich. Gerade von der Polizeischule gekommen und schon reißen sie das Maul auf.

- Schon mal was vom Anscheinsbeweis gehört?, fragte ich deshalb. - Ganz allgemein wird nämlich vermutet, dass der Linke schuld war, aber er kann die Vermutung widerlegen.

- Das dürfte ihm ziemlich schwerfallen, sagte der Kommissar, - denn der Mann ist tot.

Tot? Zuerst begriff ich nicht, denn ich bin manchmal schwer von Kapee, aber dann gingen mir die Sicherungen durch. Ich brüllte los, schlug mit dem Kopf gegen die Wand und versuchte, aus dem Fenster zu springen, und hätte man mich nicht zurückgehalten: Ich wäre ganz sicher über den Jordan gegangen.

Zwei Pfleger fixierten mich in meinem Bett und der Assistenzarzt tat ein Übriges, mich mit einer Spritze ruhig zu stellen.

Ich schlief gut ein, damit habe ich nie Probleme, aber dann träumte ich von einem Chinesen mit langem Kinnbart. Der saß nackt vor mir auf der Kühlerhaube, klopfte gegen die Scheibe und schnitt grässliche Fratzen. Am Eingang einer Waschanlage konnte ich ihn abschütteln, doch als ich hinausfuhr, lag er bäuchlings auf dem Autodach, klopfte an die Rückscheibe und machte weiter mit seinen Grimassen.

Nach zwei Tagen entließen sie mich und ich ging zu meinem Psychodoc, der sollte den Fratzen schneidenden Chinesen verscheuchen und meine schönen Träume zurückbringen.

Doc Miller hörte sich geduldig meine Geschichte an, aber am Ende zeigte er mir zwei leere Hände und schüttelte den Kopf.

- Reine Juristerei, mein Freund. Für ein gutes Gewissen brauchst du einen guten Anwalt und einen Freispruch, das ist das Geheimnis.

Ein guter Anwalt? Dr. Jonas Schygulla war einer, der allerbeste, wie man sagte. Seine Praxis war im dritten Stock eines Neubaus, und wenn man hinunterschaute, sah man blühende Platanen und eine Schar grüner Papageien, die sich, der Zoo-Voliere entflogen, in den Bäumen der Allee angesiedelt hatten.

Schygulla kam mir an der Bürotür entgegen und lächelte. Mit seinem schulterlangen blonden Haar, dem offenen Hemd und den weißen Jeans hätte er auch Empfangschef der Cocktailbar im Medienhafen sein können.

- Ja, ja das Verkehrsrecht, Herr Kollege, meinte er. - Tote im Straßenverkehr sind mein tägliches Brot, wenn Sie diese Metapher erlauben. Nicht besonders erfreulich, wie Sie sich vorstellen können. Zuerst wollte ich umsatteln auf Familien-, Erb- und Umweltrecht, aber auch dort gibt es Mord und Totschlag. Glauben Sie nicht? Da hat doch kürzlich so ein Fettarsch von Schweinezüchter eine Umweltfrau abgeknallt, nur weil sie seine Misthaufen auf dem Feld fotografierte.

Mein Gott, in welcher Welt leben wir? Aber zu Ihnen, Herr Kollege: Sagen Sie nichts zur Sache, berufen Sie sich auf eine Erinnerungslücke, nicht mehr. Alles andere mache ich. Ist das klar?

Er faltete die Hände und blickte zum Himmel. Und dann wollte er noch etwas von der Vorgeschichte hören, nämlich woran ich dachte, als es zur Kollision kam.

- Woran ich dachte? An die kubanischen Castro-Brüder.

Er überlegte. - Sonderbar, dass Sie das so genau wissen.

- Es war der 17. April, der Jahrestag der Schweinebucht-Invasion.

- Sehr gut, sagte Schygulla, - und die Sendung im Autoradio?

- Zuerst Presseschau und Wetter und danach Kuba-Jazz zur Aufmunterung, *Veinte Años* heißt die Nummer mit einem großartigen Riff am Ende. Wollen Sie hören?

- Genug, genug, meinte Schygulla, - sagen Sie mir nur noch, weshalb Sie damals nicht gebremst haben.

- Ganz einfach, ich hatte Vorfahrt, sagte ich.

- Vorfahrt hin, Vorfahrt her, Schygulla rümpfte die Nase, - falls man bremsen konnte, es aber nicht getan hat, dann ist Vorfahrt ein Scheißdreck. Denken Sie daran nächste Woche vor Gericht!

Ich ging hinaus, stellte mich an das Flurfenster, rauchte und versuchte, mich zu erinnern, wie plötzlich dieser verdammte Skoda links bei dem Warteschild aufgetaucht war, nicht besonders schnell, sondern eher unsicher, und wie ich einen Rochus hatte auf den Kerl hinter dem Steuer, weil er nicht gestoppt hatte.

Ja, ich hätte platzen können vor Wut, denn es darf nicht sein, dass so ein Typ sich mir nichts, dir nichts vordrängelt. Da sollte er doch zu Fuß gehen oder ein Taxi nehmen. Ich meine, bei uns gibt es einfach zu viele Autos, da braucht es strenge Gesetze, und wenn einer die Verkehrsordnung nicht kennt, dann eben Nachschulung und Fahrübung auf einer Piste in der Kalahari, wo man den anderen schon auf hundert Meilen sieht, falls es wieder mal eine Fata Morgana gibt.

Unten auf der Allee lieferte sich die Raser-Szene mit heulenden Motoren ein Rennen. Ich sah ihnen nach, bis sie hinter der nächsten Ampel verschwanden, und plötzlich tropfte es auf die Marquise und die Papageien verschwanden im Laub der Bäume.

Ich muss ziemlich lange dagestanden und geraucht haben, denn als ich nach unten ging, hatte der Regen aufgehört und die ersten Sonnenstrahlen tasteten sich durch die Zweige.

*****

Zum Strafverfahren vor dem Amtsgericht hatte sich eine Menge Volk eingefunden: Studenten der Jurisprudenz, Rechtslehrlinge, Hausfrauen und Abwechslung suchende Jubilare, eine Schulklasse, um sich auf einen Fernsehkrimi einzustimmen und zwei bärtige Journalisten von der Regionalpresse.

Der Staatsanwalt – an seinen Namen erinnere ich mich nicht mehr – war ein bissiger, rechthaberischer Grauschädel. Offensichtlich hatte er sich vorgenommen, noch einmal seinen großen Auftritt zu zelebrieren und mich auf das Schafott zu bringen, aber die junge Richterin Alina Hagopian bremste ihn, als er zu aggressiv wurde und mich mit Speichel in den Mundwinkeln einen *Lügner* nannte.

Schließlich konnte ich meine Geschichte beenden, und

die war kurz: - Ich kann mich nicht mehr erinnern, wie es passiert ist, sagte ich und zuckte die Schultern.

Und die Richterin sagte: - Wer die Vorfahrt verletzt, *gilt* als schuldig bis zum Beweis des Gegenteils und sprach mich frei, unverdienterweise, um es klar zu sagen. Das empfanden meine Kollegen, die den Prozess verfolgt hatten, ebenso. Sie tuschelten hinter meinem Rücken und gingen in der Gerichtskantine auf Abstand.

Ein Freund riet mir zu einem Wechsel an unsere Münchener Kanzlei.

- Aus den Augen, aus dem Sinn, meinte er, - in den Bergen wirst du auf neue Ideen kommen.

Wie recht er hatte. Ich fand eine Wohnung in Schwabing und nette Arbeitskollegen und entdeckte bald den Schleichweg zum Club-Bootshaus am Chiemsee.

Dort lernte ich auch Julia kennen, Anwaltstochter, Jurastudentin und begeisterte Kajakfahrerin, und eines Tages beschlossen wir, unsere Bootstouren künftig statt in zwei Einer-Booten in einem Zweier zu machen.

An einem Wochenende im März – wir waren eine Riesenstrecke bis zum Vereinsbootshaus an der Alz gepaddelt – übernachteten wir wieder einmal im Matratzenlager, diesmal in meinem Doppelschlafsack wegen der Kälte.

Und da entdeckte ich wieder diesen Anflug von Schwermut in ihren Augen, für den ich keine Erklärung hatte.

148

- Was ist?, wollte ich wissen.

- Eine alte Geschichte, sagte sie, - damals bin ich noch mit einem anderen gepaddelt, aber der ist tot: Autounfall.

Und als sie dann die Geschichte erzählte, wusste ich sofort, dass es auch meine Geschichte war. Aber ich sagte ihr nichts, denn dann hätte ich mir die Verlobung und die Sozietät bei ihrem Vater abschminken können.

Doch wie es so ist mit Leichen: Egal, wo man sie versenkt, später tauchen sie wieder auf, und daran war ich nicht ganz unschuldig. Es war mein vermaledeiter, spontaner Versprecher, als wir wieder einmal eng aneinander gekuschelt in dem Bootshaus übernachteten.

- Also du warst der Unfallgegner?, fragte sie ungläubig.

- Ja, ich wollte es dir eigentlich schon immer sagen, meinte ich, - doch jedes Mal kam was dazwischen. Aber ich kann dich trösten: Ich wurde freigesprochen.

Von wegen trösten. Mein Versuch hatte alles nur noch schlimmer gemacht. Julia schloss die Augen, überlegte einige Sekunden und dann stand sie auf und verschwand, ohne ein Wort zu sagen.

Einmal habe ich sie wiedergesehen, das war einige Jahre später auf einem Juristenball.

Sie war vorne und turtelte mit dem jungen Paulsen von der Staatsanwaltschaft, und ich saß hinten zusammen mit einer slowakischen Striptease-Tänzerin, die hatte ich mitgebracht, denn allein zu tanzen ist nicht mein Ding. Irgendwann, die Band spielte gerade *Bésame mucho*, begegnete ich Julia auf der Tanzfläche.

- Grüß dich!, sagte ich und nickte ihr zu.

Sie lächelte, irgendwie spöttisch, wie mir schien, nickte zurück und sagte: - Grüß dich auch!

Gefüllte Hammelfüße

Freundschaften – man soll sie pflegen oder vergessen, und da ich Pflegen vorzog, rief ich Frankie an. Ich hatte ihn das letzte Mal bei einem Fußball-WM-Sightseeing gesehen, damals, als Zidane seinen Kollegen Materazzi mit einem Kopfstoß outknockte.

Es dauerte eine Zeit, bis Frank den Hörer aufnahm.

- Mein lieber alter Kerl, sagte ich. - Nicht zu glauben, dass es dich noch gibt. Nächste Woche ist Abitreff, ich hoffe, dich zu sehen und an meine Brust zu drücken.

- Ich werde da sein, sagte er, - aber ich trage jetzt Bart und bin dick wie ein Fass, du wirst mich kaum wiedererkennen. Am besten lass' mich ausrufen oder halte ein Schild hoch mit der Aufschrift *Modugno*. Und wenn ihr einen Platz zum Schlafen sucht, du und Sári: Bitte nicht auf einer Parkbank! Du weißt, ich habe zwei Gästezimmer.

Domenico Modugno – der war unser Lieblingssänger. Sicher kennen Sie noch Ciao *Ciao Bambina*, *Volare* und die anderen Sachen, die man bei Vollmond unter dem Balkon der Geliebten singt.

Wir hatten damals als Studenten ein Musiktrio, das auf Italienisch machte: ich am Piano, Gregor am Kontrabass und Frank am Schlagzeug einschließlich Gesang, obwohl er kein Italienisch verstand.

Einmal war Gregor ausgefallen und wir suchten vergeblich einen Ersatz. Manolo, der Chef vom *Luna Rossa*, war sauer und meinte, Frank sollte einspringen, sonst könnten wir uns die Gage irgendwohin stecken.

Der und Bass spielen, zum Totlachen sowas! Als Schlagzeuger konnte er wunderbar auf seiner Pauke herumhämmern, alle Rhythmen, sogar Bossa-Nova und diese Sachen, aber von Noten, Harmonien, Dur und Moll verstand er so viel wie die Kuh vom ..., sagen wir mal Balalaikaspiel.

- Einspringen, mach ich nicht, sagte Frank, auch wenn du dich auf den Kopf stellst, Manolo. Ich hatte noch nie einen Standbass in der Hand, ich weiß nicht mal, wie viele Saiten diese verdammten Dinger haben.

- Egal, dann musst du simulieren, grinste Manolo, - darin warst du immer schon ganz groß.

Am Ende hat Frank dann nachgegeben. Auf der Bühne hat er sich das Instrument gekrallt, hin und wieder irgendwelche Saiten gezupft und dazu die übliche Show abgezogen mit Bass drehen, klopfen, und streichen wie Oscar Pettiford, und niemand hat gemerkt, dass da nur falsche Töne kamen, ich schwöre es. Ja, die Typen vom Anwaltsverein waren sogar begeistert und wollten Frank gleich für ihr nächstes Weihnachtsevent als Bassisten engagieren.

*****

Er war in der Tat dick geworden, als ich ihn wiedersah, was wohl daran lag, dass er sein Schlagzeug gegen eine Batterie Töpfe eingetauscht hatte.

Ja, Töpfe, Töpfe aus Edelstahl, Sie haben recht gehört. Doch nicht zum Trommeln und Draufschlagen, sondern zum Kochen, Franks neuer Leidenschaft. Täglich stand er mit Kochmütze und Schürze in der Küche, um einen *Coq au Vin oder Boeuf Bourguignon* zu kochen, und wenn er nach Marbella in Urlaub fuhr, dann nahm er seine Töpfe mit.

Er empfing mich wie erwartet in seiner Küche am Herd, wo er mit dem Escoffier in der einen Hand und einem Speisenthermometer in der anderen ein Gericht zauberte, von dem ich noch heute träume, das heißt, wenn ich nicht wieder einmal von der blonden Apothekerin in unserem Dorf träume.

Wir umarmten uns brüderlich und ich musste raten, was da auf dem Herd brutzelte.

- Ein Fisch, sagte ich, - oder?

- Sehr scharfsinnig, geht es nicht etwas genauer?

Es ging nicht genauer, und so verriet er mir, dass es ein ungarischer *Fogosch* war oder *Zander*, wie man hier sagt.

- Direkt von Balatonfüred am Plattensee!, sagte er. - Erinnerst du dich noch, als wir damals zusammen da waren, um deiner Sári und ihren Eltern einen Anstandsbesuch zu machen?

Ich erinnerte mich.

- Und dann sind wir gemeinsam mit Sáris Eltern und ihrer Schwester Klara in ein Fischrestaurant essen gegangen, und du hast Sári später geheiratet, aber ich bin bei Klara leer ausgegangen.

- Als Schlagzeuger hättest du schneller sein sollen, meinte ich, - aber tröste dich: Sicher hättest du deine Thea nicht bekommen und alles wäre anders gelaufen.

Er überlegte und nickte. Ob es ihn wirklich getröstet hatte: Manchmal habe ich meine Zweifel.

Jedenfalls haben wir bei ihm großartig gegessen, geschlafen, Champagner getrunken und das Wiedersehen gefeiert, und am nächsten Tag sind wir zusammen wie Zwillinge bei der Abi-Fete im Ratskeller aufgekreuzt, wo wir gemeinsam die letzten fünfzig Jahre Revue passieren ließen.

- Wurde aber auch Zeit mit unserem Treffen!, sagte Frank und begann zu grübeln, - in unserem Alter kann man ja nie wissen. Weißt du, wie viele von uns schon den Löffel weggelegt haben?

- Fünf, sagte ich, - fünf von fünfzehn, und es gab auch ein Mädchen, Regina hieß sie, das war die, die damals bei unserem Klassenausflug splitternackt in die Wakenitz gestiegen ist, und wir haben sie angestarrt wie bekloppt, besonders du, mein lieber Frankie, ich seh' dich noch heute, wie du geglubscht hast, wie dir fast die Augen herausgefallen sind, aber Regina hat das nix ausgemacht. Als sie herauskam aus dem Wasser, da hat sie nicht mal die Hand da unten vorgehalten und sich in aller Ruhe abgetrocknet.

- Und Regina?, wollte Frank wissen, - was mag aus ihr geworden sein?

- Seitdem ich sie nackt gesehen hatte, wurde sie interessant für mich, sagte ich. - Immer musste ich an sie denken, aber ich konnte nicht bei ihr landen. Außerdem wohnte ich bei meinen Eltern und die hätten mir was gehustet. Soll ich dir erzählen, was für einen Aufstand die schon gemacht haben, als sie bei mir eine Packung *Blausiegel* unter der Matratze fanden? Unbenutzt übrigens, weil ich gar nicht wusste, wie das geht. Oh Mann, oh Mann!

Das änderte sich erst, als ich auswärts studierte und Dshamilja Steinhauer, eine Algerierin, kennenlernte. Ich hatte sie ein paar Monate zuvor in St. Denis vor der Sittenpolizei gerettet, als sie sich bei mir einhakte und meine Freundin simulierte.

Und eines Tages taucht sie plötzlich bei mir auf dem Straßburger Campus auf. Ich sitze in der Mensa und trinke meinen Rouge, da öffnet sich die Tür und die schöne Dshamilja erscheint, im Nuttendress übrigens, wie man ihn nur in Hinterhofkinos zu sehen bekommt: Lackleder-Minirock, Overknee-Stiefeletten mit High Heels und diese Sachen. Sie schaut sich um, entdeckt mich auf meinem Platz und kommt, mir nichts, dir nichts, herübergestakst.

Ein Küsschen zur Begrüßung und schon beginnt die versammelte Studentenbande voller Begeisterung auf die Tische zu klopfen, dass die Gläser hüpfen. Seitdem war ich der *King*, wie man heute sagt, und hatte plötzlich Freunde *en masse,* ich konnte mich kaum retten.

*****

- Gute Story, meinte Frank, - darum sollten wir auf die Freundschaft trinken, auf die *Amicizia,* wie der Ganove Manolo immer gesagt hat. Zum Wohl, mein Lieber! *We'll never be that young again!*

Wir haben uns noch einmal umarmt und geschworen, ab jetzt in Kontakt zu bleiben und mindestens einmal im Monat zu telefonieren.

Nun ja, ein Monat war vielleicht übertrieben, zweimal im Jahr ist es am Ende gewesen. Immerhin hat mich Frank einmal besucht, aber dann ist das Virus über uns gekommen – unsichtbar, heimtückisch und fies, und an Reisen war ein Jahr lang nicht zu denken.

Stattdessen blieb ich zu Haus, spielte Sway in e-Moll auf meinem *Roland,* schrieb eine Story über einen Mann ohne Nase, las Peter Hacks, fuhr Fahrrad, schaute aus dem

Fenster, entzeckte meine Katze und begann zu grübeln.

- Weißt du, dass Frank ein Arsch ist, sagte ich zu Sári, - das wird mir immer mehr bewusst. Nicht weil er verrückt ist, du weißt, dass ich verrückte Typen liebe, doch er ist verfressen. Bei ihm dreht sich alles nur ums Essen, und Frauen interessieren ihn nicht mehr.

Schau dir nur seine Thea an: uncharmant, unbelesen, unmusikalisch, unattraktiv, unwissend, unruhig, un, un, un. Da haben sich zwei gefunden!

Und davon abgesehen, fuhr ich fort, - Frank ist auch ein Schlappi, ein richtiger Schisser. Eigentlich immer schon gewesen. Frauen anmachen, Motorboot fahren, Segelfliegen, Meeresschwimmen und diese Sachen – immer hieß es: *Mach du mal, ich komm später.*

Kotzen mich eigentlich an diese Sprüche, und wenn ich ehrlich bin: Das Einzige, was uns noch verband, war die softe Musik von Modugno, Peppino di Capri und Claudio Villa. Aber das Band war brüchig geworden, seitdem es Carlos Santana, Mark Knopfler, die Dire Straits und Sting gab.

Und die Juristerei?, werden Sie fragen. Auch die kotzte mich an wie ein …, nun ja, sagen wir wie ein Bandwurm im Klo. Wer diese Paragrafen verzapft hatte, sollte bei lebendigem Leib gehäutet werden, und ich würde danebenstehen und einen Handy-Snapshot machen oder auch zwei.

Doch egal! Ich selbst war auch nicht fehlerlos: Ich war rechthaberisch und neunmalklug, meine Witze waren abgegriffen, und neugierig war ich auch.

Deshalb also dieser Anruf bei Frankie, zehn Jahre nach unserem letzten Zusammentreffen.

Mal sehen, ob er noch existierte, der Dicke, denn alles war unsicher geworden in diesen Jahren, auch das Leben. Vielleicht hatte er die Völlerei aufgegeben, war zum Säufer geworden und liebte Santana und die *Dire Straits* – vielleicht, vielleicht.

Für meine Telefongespräche hatte ich damals meistens die gelbe Fernsprechzelle in unserer Siedlung benutzt, aber die war seit einigen Jahren verschwunden, abgeschafft von Bürokraten, die ihre Bedeutung als Begegnungsstätte für nächtliche Quickies nicht kannten. Es blieb mein Arbeitszimmer mit dem grünen Tischapparat. Ich wählte, aber niemand nahm auf, und mir fiel ein, dass gerade die beliebte Kochsendung von Paula und Paul im Fernsehen lief.

Am nächsten Morgen war Thea am Apparat.

- Ach du bist es, sagte sie, - Frank ist zur Therapie und danach schläft er Siesta. Aber heute Nachmittag triffst du ihn an der Strandpromenade. Da geht er spazieren und überlegt sich neue Kochrezepte: Kalbshirn in brauner

Butter, Kutteln und ähnliche Schweinereien.

Ich erkannte ihn schon von Weitem in seinem geknitterten Leinenanzug und mit dem schwarzen Spazierstock in der Hand.

- Du hier und nicht am Herd, mein lieber Frank, sagte ich, - welch Überraschung!

Er trat einen Schritt zurück und für einige Sekunden standen wir uns gegenüber, *vis-à-vis*, wie sie in Marseille sagen.

- Frank?, er schüttelte den Kopf, - Bernard, Bernard Loiseau, der Koch, um genau zu sein. Aber bitte nicht stören im Augenblick! Ich habe gerade ein neues Rezept im Kopf, das ist großartig und einmalig: *Homard á la Bretonne*.

- Hummer, sagte ich und schüttelte den Kopf, - grausam, wie man sie umbringt, da sträuben sich einem die Nackenhaare.

- Ich weiß, er nickte, - aber was willst du machen? *C'est la Vie*.

- Quatsch, sagte ich, *c'est la Mort*.

Wir haben noch etwas über *Fruits de Mer* geredet, aber dann ist eine Pflegerin erschienen, so ein Mannweib war das, groß, kräftig und resolut.

- Schon wieder zu spät, Frankie!, hat sie gerufen, ihn

untergehakt und einfach mitgenommen.

Einige Tage später las ich im *Courier* von Franks Suizid. Im Heimatmuseum hatte er einen Kürassiersäbel von der Wand genommen und sich damit erstochen, ähnlich wie damals sein Idol Loiseau. Über das Motiv musste man nicht lange rätseln. Offenbar waren ihm die Menus misslungen, die gefüllten Hammelfüße und die bretonischen Hummer.

Ungarn maskiert

Ungarn geht nicht, sagt Ilona, das Mädchen am Ticketschalter, und schüttelt ihre blonde Mähne, - da sind die neuen Restriktionen.

- Das ist nicht Ihr Ernst, meine ich. - Gestern ist ein Kumpel ganz ohne Probleme mit Ihnen geflogen.

- Mag sein, lächelt Ilona, - aber jetzt hat Corona auch uns heimgesucht, lesen Sie keine Zeitung?

- Doch, doch, aber eigentlich nur die Sportseiten und die erotischen Anzeigen.

- Nun ja, wahrscheinlich hatte er einen ungarischen Pass, dieser Herr, sagt Ilona. - Es ist wieder einmal das fiese Virus und die Magyaren wollen nicht, dass man es einschleppt. Darum lassen sie keinen rein bis auf die eigenen Landsleute, die müssen ja nach Hause und den Hund versorgen, wenn Sie verstehen.

- Klar, sage ich, obwohl ich nichts verstehe.

Ich hatte keinen Hund zu Hause, sondern eine Mülleimerkatze. Die versorgte sich selbst und ging in der Nachbarschaft betteln, wenn ich mal nicht da war.

Ich fühlte, wie langsam der Ärger in mir aufstieg, und wusste: Irgendwann würde ich ausflippen, losbrüllen oder laut den Chef verlangen, und dann würden zwei massiv gebaute Türken mit dunkler Sonnenbrille und in schwarzer Security-Uniform erscheinen und mich aus der Halle komplimentieren.

Also lieber noch einmal die nette Tour: - Es ist sehr dringend. Ich bitte Sie, machen Sie eine Ausnahme!

Und übermütig wollte ich noch eine galante Schmeichelei hinzufügen. Doch ich hielt mich zurück. In diesem Land braucht es nicht viel und du wirst durch die Straßen getrieben, auf dem Rücken ein Schild mit der Aufschrift *Sexist* oder Schlimmeres.

So nickte ich und lächelte nur, aber Ilona lächelte nicht zurück, sondern guckte einfach nur genervt, schüttelte den Kopf und sagte: - Bedauere, tut mir wirklich leid.

*****

Okay, dann eben das verdammte Auto, auf ein Auto ist immer Verlass. Wer mit dem Auto die Andenpässe geschafft hat, für den ist die Fahrt zur ungarischen Grenze im Burgenland eine Kleinigkeit.

Gut siebenhundert Kilometer bis zur Grenze hatte ich ausgerechnet, das wären gut sieben Stunden ohne Staus, Pannen oder Abenteuer, leicht zu schaffen, wenn man unterwegs nicht einschläft. Aber dagegen gibt es Kaffeebohnen aus der Tüte und den *Ungarisch 5* Sprachrecorder.

- Weibliche oder männliche Stimme?, will der Apparat wissen, und ich wähle Éva, weil ich ein verdammter Sexist bin.

Und dann wiederholen wir die ungarische Grammatik: bei Würzburg die Personalzeichen und die höfliche Anrede, bei Nürnberg die Ortsbestimmungen und bei Passau die Imperative, Grund genug vollzutanken, und schließlich sind es nur noch gut fünf Stunden, die schafft man leicht, bevor die Dunkelheit hereinbricht.

Ach ja, die Dunkelheit! Wie, zum Teufel, heißt sie auf Ungarisch? Irgendwas mit zwei langen E erinnere ich mich. Genau: *Sötétség* ist ihr Name, ein schönes Wort und Beispiel für die ungarische Vokalharmonie. Ähnlich wie *egészségedre,* was bekanntlich „*auf deine Gesundheit*" heißt, falsch ausgesprochen aber so viel wie „*auf deinen ganzen Hintern*" bedeutet, ein alter Partywitz übrigens.

Und, wer sagt's denn! *Da san ma schon an der Greenz.* Wenig Verkehr wie immer, aber dafür seit Langem wieder ein geschlossener Schlagbaum und zur Kontrolle eine hübsche Frau, adrett und dunkelhaarig. Sieht aus, als ob sie *Juliska* heißt oder *Jázmin*. Vielleicht sollte man sie einfach mal fragen. Das kannst du ganz locker tun in Ungarn, das nimmt dir keiner übel. Im Gegenteil!

Aber wir *Németek* haben ein Problem damit, und wenn ich eine deutsche Frau Major nach ihrem Namen frage, dann ist das gleich Anmache und ich bin ein verdammter Macho-Chauvi, dem man eigentlich zur Strafe sein …, nein, lassen wir das!

Also los, Junge, keine Angst! Sie wird dich schon nicht beißen. *„Hogy hivnak, Örnagy aszonyom?"*

- Anna, sagt sie, ohne zu beißen und dass die Grenze seit Mitternacht für Ausländer gesperrt sei, ausnahmslos.

Mist, denke ich, eine Riesenschweinerei. Vielleicht hätte ich doch Nachrichten hören sollen und eine Zeitung kaufen, den *Burgenländer Boten*.

Und jetzt? Das Beste wäre, in der Habsburger Krone einzukehren, ein Kesselgulasch und einen Krug roten Zweigelt zu bestellen, unter einer grün-blau karierten Bettdecke zu schlafen, bei Morgennebel im Neusiedler See zu schwimmen und dann nach dem Frühstück gemütlich den Heimweg anzutreten.

Wirklich das Beste? Stimmt nicht, denn meist gibt es noch einen Plan B, wenn man nur sucht. Meiner lautete *grüne Grenze*, und wie bestellt traf ich am Parkplatz einen Taxifahrer, einen sonderbaren Kerl mit rundem Gesicht und einer Menge Silberzähne im Mund. Der stand neben seinem Wagen und rauchte Zigaretten.

- Hallo!, sagte ich, ob er nicht einen Schleichweg über die grüne Grenze nach Ungarn wüsste.

Aber sicher kenne er einen, nickte der Mann. Ich solle nur hinter ihm herfahren und in einer halben Stunde wäre ich in Ungarn, ganz ohne Probleme.

- Wunderbar, meinte ich, dann mal los!

Wir fuhren über zwei Feldwege, vorbei an einer Müllhalde und einer Wiese mit Apfelbäumen und hatten bald die Landstraße erreicht.

- Dahinten findest du die M 1 Autobahn, grinste der Mensch, wobei er wieder seine Silberzähne zeigte, - und wenn du dich beeilst, schaffst du es noch zum Nachtmahl nach Pest.

*****

Auf der Landstraße war wie zu erwarten kaum Verkehr, aber dann überholte mich ein Wagen mit Hamburger Nummernschild und der Fahrer gab mit der Hand Zeichen anzuhalten. Ein Landsmann, der Hilfe brauchte? Ich folgte ihm auf den nächsten Parkplatz, hielt an und öffnete das Fenster.

Sie waren zwei, die ausstiegen, und sie waren keine Landsleute, das sah man sofort, vielleicht Rumänen, Bulgaren oder Albaner, und wie sie zu einem deutschen Nummernschild gekommen waren, das wussten nur sie allein.

- Hi Kollega!, sagte der eine, indem er eine Straßenkarte aufschlug, - kannst du sagen, wo ist Wien?

Ich wies mit dem Arm zurück in die Richtung, aus der er gekommen war, und wollte noch weiter erklären, aber dann erblickte ich den Griff einer Pistole, von der Landkarte nur schlecht verdeckt. In Panik schloss ich das

Fenster, gab Gas und raste zurück auf die Straße.

Und die beiden mit aufgeblendeten Scheinwerfern und penetrantem Gehupe hinterher, schrill und laut wie die Feuerwehr. Erst bei der Einmündung zur M 1 blieben sie zurück. Ich atmete auf, aber zugleich überfiel mich ein mörderischer Hunger, so mächtig, dass es mir die Därme zerriss.

Also ab in den Sandwichladen neben der Tankstelle und warten in der Schlange, wie es sich in diesen Zeiten gehörte.

- Bitt' schön, ein Salami-Käse-Schinken-Sandwich oder besser noch zwei und eine Tüte, wenn Sie so freundlich wären! Ich konnte es kaum erwarten.

- Wie bitte? Die Kassiererin, ein Hünenweib, einer Wikingersage entsprungen, schaute mich an wie den Leibhaftigen und machte Anstalten loszuschreien, ich schwöre es. Sie schüttelte ihren Schädel und kreischte ein Wort, das mir noch heute in den Ohren klingt: nämlich Maszk, *Maszk, Maszk,* immer wieder. Und ich verstand: Eine Maske für alle Einkäufe, das war die Regel.

Also hinausrennen, hinaus in der vagen Hoffnung auf Rettung. Vielleicht würden sie in den Bäumen baumeln: ein paar Masken oder vielleicht sogar Sandwiches mit Avocado, Hummer, *Meatball, Tuna* oder *Grilled Cheese.*

Aber nichts von alledem, Fehlanzeige. Dafür aber ein grünes Stück Rasen unter den Bäumen, ein Fleckchen, um mich zu Boden zu werfen und verzweifelt Gras zu fressen wie ein räudiger Ziegenbock.

166

Doch dann entdeckte ich ein widerliches, feuchtes Etwas in einem Mülleimer, verklebt und schmutzstarrend, so eine maskenartige Gesichtspampers, die jemand entsorgt hatte.

Mit zwei Fingern hob ich das Ding heraus, säuberte es so gut es ging mit einem Taschentuch, zog es über das Gesicht und betrachtete mich in einem Spiegel. Sah irgendwie beschissen aus, das Bildnis, doch sei's drum: Die Maske war die Brücke zu einem Sandwich drinnen neben der Kasse.

- Mit Schinken und Käse? Die Walküre blickte noch immer misstrauisch.

- Mit Schinken, Käse, Salami, Paste und einem Salatblatt dazwischen, wenn's recht ist.

Es war recht, und gleich danach stopfte ich Sandwich in mich hinein, soviel wie möglich, und glauben Sie mir, es war eine ganze Menge. Das beste Mahl meines Lebens übrigens, großartig wie damals das Menü bei der Geburtstagsfeier des argentinischen Generals.

Und ich fahre zurück auf die Autobahn, und wieder die gleiche Geschichte: Ein Wagen folgt mir, blinkt, hupt und bedrängt mich wie der andere zuvor, und irgendwann schaltet er sogar die Sirene ein. Verdammte Bande, denke ich. Nicht genug, dass sie ein falsches Nummernschild und eine Pistole haben, jetzt haben sie auch eine Polizeisirene. So gebe ich Gas, was das Zeug hält, und versuche, sie abzuschütteln. Vergeblich! Sie sind schneller, überholen mich und hinter dem Tunnel bremsen sie mich aus, so plötzlich, dass ich fast in sie hineinfahre.

Und wieder sind es zwei, die aussteigen und zu mir herüberkommen, und alle beide tragen eine Glock 40, aber auch eine dunkelblaue Uniform. Und erst jetzt sehe ich, dass sie Bullen sind, richtige Bullen wie einem Werbeprospekt der Polizei entsprungen.

- Einen guten Abend, der Herr, grüßt der eine, der aussieht wie dieser Klitschko-Boxer, und der andere – unter Garantie ein Zwillingsbruder von Silvester Stallone – möchte meine Papiere sehen: - Perso, Impf- und Einreiseschein?

Impf- und Einreiseschein? Ich schüttele den Kopf und sie kassieren ein Heidenverwarnungsgeld und geben mir genau fünfzehn Minuten, um das Land zu verlassen, anderenfalls ..., sie beenden den Satz nicht.

- Anderenfalls?, wiederhole ich, denn ich will es wissen, ganz genau.

- Anderenfalls, sagt Stallone, - anderenfalls Standgericht noch heute Nacht und dann das Erschießungs-kommando.

Er schaut auf seine Uhr wie ein Sprint-Trainer neben der Aschenbahn, und gleich wird er zu zählen beginnen: eins, zwei, drei ...

Jedenfalls war ich bei Sonnenuntergang wieder im Burgenland, in der Habsburger Krone, und der Schlaf bei

Vollmond unter der karierten Bettdecke – himmlisch wie der Kuss der Traumfee.

*****

Drei Monate später klappte es dann mit dem Flugticket, denn ich war dreimal geimpft, hatte einen gelben Ausweis und war virenfrei wie die Freiheitsstatue. Vom Flughafen in Feryhegy nahm ich ein Taxi und kam spät am Abend bei meiner Tochter Kira und dem kleinen Enkel Béla an. Ich stieg aus dem Taxi, ging durch den Vorgarten zur Haustür und drückte den unteren Knopf der Klingeltafel. Der ist immer richtig.

Kiras Stimme klang überrascht. Vielleicht hatte sie gerade das Ratespiel im TV gesehen, aber dann dauerte es keine Sekunde – und sie stand da in ihrem blauseidenen Hausmantel.

- Endlich!, sagte ich, aber als ich sie umarmen wollte, hob sie beide Arme. - Vorsicht, Abstand halten und Maske anlegen! Das sind die neuen Regeln, denn man weiß ja nie, ob's stimmt mit der Immunität, die Ministerin hat es bestritten. Deshalb …, nun ja, *san ma a bisserl vorsichtig trotz allem* und eine Maske kann ja nicht schaden. Wart' nur, ich hol dir so ein Ding. Willst du Rot, Gelb, Weiß oder Schwarz?

Ich überlegte. - Schwarz ist cool, erinnert an Zorro, und wenn du willst, kann ich mir auch eine schwarze

Augenklappe anlegen.

- Und dann immer brav Abstand halten!, nickte sie, - ist doch logisch, oder?

- Du hast recht, lachte ich artig, aber zugleich spürte ich, dass meine Gefühle abtropften, ganz langsam wie Eiskrem in der Sonne, und mir wurde klar: Skypen ist schön und eine geniale Erfindung, aber berühren und umarmen ist hundertmal schöner.

Dann plötzlich, er hatte im Nebenzimmer ferngesehen, stand mein kleiner Béla in der Tür und rieb sich erstaunt die Augen. Groß war er geworden in den Jahren, groß, kräftig und hübsch. Das letzte Mal, als ich ihn sah, da lag er auf dem Rücken im Kinderwagen und schaute von unten in die Blätter der Bäume.

Ich streckte die Arme aus, um ihn zu umarmen, aber Kira ging dazwischen und trennte uns.

 - Abstand, um Himmelswillen, haltet Abstand!, sagte sie.

So packte ich die Mitbringsel aus: Bilderbücher, Brett-spiele, Bastelkästen, Malstifte, Puppentheater und das Labyrinthrätsel nicht zu vergessen.

- *Köszönöm szépen!*, sagte er pflichtschuldig, aber eigentlich hatte er mehr Interesse an dem Fernsehprogramm nebenan, deshalb schickte ihn Kira nach einiger Zeit ins Bett. Und der großväterliche Gute-Nacht-Kuss?

Musste ausfallen kraft ministerieller Anordnung.

Kira holte eine Flasche *Stierblut* aus dem Regal und schenkte ein.

- Mein Gott, das war eine lange Zeit der Trennung, sagte ich, - wie soll das alles enden?

- Du hast recht, nickte Kira, - aber da müssen wir durch. Irgendwann können wir wieder kuscheln und uns umarmen, hat die Ministerin gesagt, doch bis dahin müssen wir Abstand halten und eine venezianische Karnevalsmaske tragen, auch wenn es schwerfällt.

Die folgenden Tage schien die Sonne und ich probierte mein Großvater-Enkel-Programm: Donaudampfer, Eisdiele, Vidámpark und diese Dinge, aber überall gab es Maskenpflicht, Shut-downs, Kontaktbeschränkungen, lange Schlangen und Kontrollen.

Nur eine Fahrt mit der Zahnradbahn in die Budaer Berge sollte noch möglich sein, so ein Geheimtipp. Kira war ausnahmsweise einverstanden, aber Béla musste schwören, brav zu sein, nicht mit der Gondel zu schaukeln und vor allem Abstand zu halten. Man konnte ja nie wissen. Gott sei Dank gab es diesmal kein Gedränge wie sonst bei der Station, dafür einen Aushang: *Zahnradbahn wegen der Covid 19-Pandemie auf unbestimmte Zeit geschlossen. Die Direktion.*

Das war's also. Wieder einmal etwas schiefgelaufen, und

wir schrieben tatsächlich Freitag, den Dreizehnten.

- Servus, Kleiner, sagte ich und suchte nach meinem
Taschentuch, - heute Abend muss ich zurück in die
Heimat, aber ich komme wieder und dann fahren wir mit
der Gondel und gehen Eis essen zu *Rigo Jancsi*, und alles
ohne Abstand, das verspreche ich, großes Indianer-
Ehrenwort.

Glossar

Adiós Pampa mía	Berühmter Tango (Mores/Canaro)
Al Ataque	Span.: Auf in den Kampf
Alcatraz	US-Hochsicherheitsgefängnis
Bernabéu	Stadion von Real Madrid
Besiktas	Türk. Fußballverein
Beso	Span.: Kuss
Bro	Bruder
Caipiroska	Caipirinha mit Wodka
Camino de la Muerte	Todesstraße in Bolivien
Compañero	Span.: Genosse
Coraje	Span.: Mut, Courage
Csikós	Ungar. Pferdehirt
Curanto	Chilen. Meeresfrüchte-Gericht
Delon, Alain	Franz. Filmschauspieler
Despacio	Span.: Nun mal langsam!
Dire Straits	Ehem. britische Rockband
Doc Holiday	Wild West Revolverheld
Escoffier, Auguste	Franz. Meisterkoch
Espresso Ristretto	Verkürzter Espresso (wenig Wasser)
Estancia	Landgut in Südamerika

Fastest Man on no Legs	Oscar Pistorius
Favela	Portug.: Elendssiedlung
Fenerbace	Türk. Fußballverein
Fetish Heels	High Heels mit extrem hohem Absatz
Fiesta de la Vendimia	Fest der Weinlese
Fitzgerald, Ella	Ehem. US-Jazzsängerin
Fjell	Nordskandinav. Bergtundra
Fraco	Portug.: So lala
Frühlingsrauschen	Klavierstück von Chr. Sinding
Goetz	Feldherr in Sartres *Der Teufel u. der liebe Gott*
Haiku	Japan. Gedichtsform (Dreizeiler)
Harfagre	Alt-Norweg.: Schönhaar
Ho'okipa	Surfspot auf Maui, Hawaii
Jakaranda	Jakarandabaum (Palisanderholz)
Jokkmokk	Schwed. Stadt am Polarkreis
Kierkegaard, Sören	Dän. Philosoph
Köszönöm	Ungar.: Danke
Kowalski	Figur in Film von Tennese Williams
La Encantadora	Span.: die Liebliche
Larochefoucauld	Franz. Literat (17. Jh.)
Late Bloomer	Spätentwickler

Living Dolls	Bewegungslos verharrende Akteure
Loiseau, Bernard	Franz. Meisterkoch
Love's Labour's lost	Verlorene Liebesmüh (Shakespeare)
Macanudo	Span.: großartig, fabelhaft
Mars Express	Mars-Sonde der ESA.
Mazel Tov	Hebräisch: Viel Glück
Mi Casa es tu Casa	Span.: Mein Haus ist dein Haus
Modugno, Domenico	Ital. Cantautore (1928-94)
Németek	Ungar.: die Deutschen
Olinda	Kolonialstadt in NO-Brasilien
Panta Rhei	Griech.: Alles fließt (Aphorismus Heraklits)
Patpong	Rotlichtviertel in Bangkok
Pinocho	Spitzname Pinochets
Pisco	Peruan. Getränk
Ragnarök	Götterdämmerung der nordischen Mythologie
Rigó Jancsi	Budapester Konditorei
Rosetta	ESA-Raumsonde
Santa Fu	JVA Fuhlsbüttel
Säulenheilige Argentiniens	Gardel, Carlos; Guevara, Che; Maradona, Diego und Perón, Evita
Scarface	US-amerik. Kriminalfilm

Sheng, Mei	Chines. Dichter, gest. 141 v. Chr.
Small Cause, big Effect	Kleine Ursache, große Wirkung
Skatophilie	Sexuelle Perversion
Speyside	Zentrale schott. Whisky-Region
Stendhal	Franz. Autor (Le Rouge et le Noir)
Stino	Stinknormal
Tatabánya	Stadt in NW-Ungarn
Tizol, Juan	Puerto-rican. Jazzmusiker
Tribals	Tattoo-Motiv
Vidámpark	Freizeitpark in Budapest
Veinte Años	Zwanzig Jahre, berühmte Habanera
Ventura, Lino	Ehem. frz. Filmschauspieler
Villa Miseria	Elendsviertel in Argentinien
Yakuza	Japan. Mafia
Yin und Yang	Zwei Gegensatzkräfte in der chines. Philosophie
Ypern, Cléry, Dunpierre	Kriegsschauplätze im 1. Weltkrieg

Wilfredo Lange

Gracielas Hintern

Bordellromanzen und lasterhafte Erzählungen aus einem Land unter dem Haar der Berenike

Und das soll schon alles gewesen sein! Fred B. Nielsen, Hamburger Professor, zieht Bilanz und fliegt zurück an den La Plata, auf der Suche nach seinen verlorenen Träumen. Er trifft sie wieder: alte Freunde und vergangene Lieben, aber auch kleine Huren und liebenswürdige Flittchen, mit denen die große Stadt reich gesegnet ist. Am Ende muss er feststellen: Alles fließt, nichts bleibt.

Erotische Geschichten über Liebe, Sex und Tod.

„Spannende, nostalgiegeprägte Skizzen, Flucht vor der Rundumsicherheit der Zivilisation, ein Reiz, dem sich der Leser nicht entziehen kann.“

Rheinische Post, Düsseldorf

Shaker Media

ISBN 978-3-86858-322-9

139 Seiten, Paperback

12,90 Euro

Wilfredo Lange

Graciela nimmt Maß

Wollust und Tod unter dem Sternbild des

Schlangenträgers

Ist Graciela ein Flittchen? Klar, dass sie das ist – und was für eins! Und ihr Chef Fredo ein Puttaniere, ein Hurenbock, wie Angeletta Venturinis Mann gemeint hat.

Könnte man denken. Bleibt noch Erico, der mit einer durchgeladenen CZ 75, Kal. 9 mm Luger, in seiner Parka durch die Hafenkneipen von Puerto Montt zieht.

Ein Mörder? Man wird sehen – quien vivirá, verá. Denn der menschenfreundliche Schlangenträger Äskulap schützt uns alle vor dem Biss der Schlangenfrauen.

Shaker Media

ISBN 978-3-86858-571-1

131 Seiten, Paperback

12,90 Euro

Wilfredo Lange

El Cóndor Pasa

Patagonische Erzählungen

Kann Jón fliegen, einfach so, mit ausgebreiteten Armen, hinweg über die Gipfel der Anden? Blasen die Mapuche Trompete, wenn sie frühmorgens im Fluss baden? Wie kopuliert man in der Raumkapsel eines japanischen Love-Hotels? Warum hetzt Fredo S. Gibbonaffen über die Dächer von Buenos Aires, prügelt sich mit Zuhältern und pilgert nach Canossa? Fragen über Fragen, metaphysisch wie die Theodizee.

Ungewöhnliche Menschen: Abenteurer, Lumpen und Spieler – tragische Existenzen unserer Gesellschaft in ihrem Leben zwischen Traum und Wirklichkeit.

Von leichter Hand geschriebene Geschichten, sarkastisch, trocken und mokant.

Shaker Media

ISBN 978-3-86858-632-9

109 Seiten, Paperback,

12,90 Euro

Wilfredo Lange

Gesang in den Maisfeldern von Eddyville

Lasterhafte, verrückte Erzählungen

Das Schicksal hat einen langen Atem, Melody einen längeren. Seit fünfzig Jahren verfolgt sie den Erzeuger ihres Kindes um die halbe Welt. Ob sie ihn findet? Warten wir ab! Eddyville und andere Boy-meets-Girl-Geschichten, in denen es nicht beim Händchenhalten bleibt, Geschichten aus New York, Los Angeles, Budapest, Düsseldorf, Cochabamba, Rio und den schottischen Highlands. Abenteurer in ihrem Leben zwischen Traum und Wirklichkeit.

Von leichter Hand geschriebene Storys, sarkastisch, trocken, mokant und ziemlich frivol, faszinierend mit ihren überraschenden Wendungen.

Shaker Media

ISBN 978-3-86858-997-9

124 Seiten, Paperback

12,90 Euro

Wilfredo Lange

Mit fremden Teufeln tanzen

Malbec in Mendoza und andere Erzählungen

Ein Mord unter einem Windrad gleich um die Ecke und der teuflische Showdown in den Anden, ein Selbstmörder auf dem Kavanagh-Hochhaus am La Plata vor dem Absprung, ein Grenztruppenoberst mit seiner Makarow im Holster, ein traumatisierter Algerienkämpfer in der Einsamkeit der Taiga, ein Ringkampf mit einem Riesenweib aus der Berghöhle, und andere Erzählungen aus zwei Kontinenten.

Ungewöhnliche Menschen, tragische Existenzen unserer Gesellschaft in ihrem Leben zwischen Traum und Wirklichkeit.

Verlag Monsenstein und Vannerdat, Edition Octopus

ISBN 978-3-95645-511-7

131 Seiten, Paperback

11,50 Euro

Wilfredo Lange

Der Mentsch tracht und Got lacht

Eine Roadstory

„Liebe ein Mädchen, du wirst es bereuen, liebe sie nicht, du wirst es auch bereuen." W. kennt die Kierkegaard-Sentenz und fürchtet die Reue. Gleichwohl liebt er eine Terroristin (pikanterweise in einer Hängematte), verliert sie in den Wirren des Bürgerkriegs am La Plata und begibt sich auf die Suche nach ihr. Guerilla, Terror und schmutziger Krieg in Südamerika, dazu eine abenteuerliche Love- und Road-Story von den Anden bis in die Bretagne.

Edition Octopus im Verlagshaus Monsenstein und Vannerdat

ISBN 978-3-95645-813-2 (Paperback)

ISBN 978-3-95645-830-9 (Hardcover)

176 Seiten

13,10 Euro (Paperback)

18,00 Euro (Hardcover)

Wilfredo Lange

Rückwärtsläufer

oder

Die Kunst, einen Morro zu besteigen

Erzählungen

Ein Mann auf der Suche nach der verlassenen Geliebten, der verschwundenen Tochter und einem blonden Engel in Südamerika, einer abenteuerlichen Fahrt durch Pampa und Wüsten bis zu dem geheimnisvollen Morro Rock, dem Riesenfelsen im chilenischen Ozean am Fuße der Anden.

Erzählungen von ungewöhnlichen Menschen, tragischen Existenzen unserer Gesellschaft in ihren Leben zwischen Traum und Wirklichkeit.

BoD-Books on Demand GmbH

ISBN 978-3-7460-8982-9

104 Seiten, Paperback

8,90 Euro

Wilfredo Lange

Bart ab

Zwei nach der Geburt getrennte Brüder finden sich wieder und begeben sich auf die Suche nach ihren Eltern. Werden sie Erfolg haben? Qui vivra, verra. Ein abenteuerlicher Trip über Hamburg, Wien, Buenos Aires und Bariloche bis nach Arica und eine Story mit überraschenden Wendungen.

BoD-Books on Demand GmbH,

ISBN 978-3-7494-9323-4

127 Seiten, Paperback

8,90 Euro

Wilfredo Lange

Reisen mit einem schläfrigen Coy

Ein autobiographischer Roadtrip für Banausen und Intellektuelle

Regenschirme in La Bonbonera, Tauchen im Lago Titicaca, eine Abfahrt über Boliviens Camino de la Muerte – Sie folgen Wilfredo Lange auf einer Wanderung durch sieben Jahrzehnte seines Lebens als Hafenarbeiter in Hamburg, Tellerwäscher in Stockholm, Schweißer in Chantilly, Dolmetscher in Marseille, Anwalt in Düsseldorf und Buenos Aires, Dozent an der University of Maryland und Universitätsprofessor in Duisburg. Stilistisch in der Tradition der amerikanischen Short Story stehend, schreibt der Autor knapp, trocken, mokant, lakonisch und sarkastisch.

Apropos intellektuell: Wer die Avenida de Mayo nicht kennt, nicht weiß, was Pendejo, Cabrón oder Faszfej bedeutet – es gibt ein Glossar am Ende des Buches.

BoD-Books on Demand GmbH

ISBN 978-3-75268-415-5

173 Seiten, Paperback

6,99 €